小白马

你不是真的坚强，

你只是在心里筑起了一道高墙，

把所有人都挡在了外面。

〔英〕伊芙·安斯沃思 著

王紫薇 译

和海鸥
对话的 男孩

天津出版传媒集团

天津人民美术出版社

图书在版编目（ＣＩＰ）数据

和海鸥对话的男孩 / （英）伊芙·安斯沃思著；王
紫薇译. -- 天津 : 天津人民美术出版社，2021.12
　ISBN 978-7-5729-0255-0

Ⅰ. ①和… Ⅱ. ①伊… ②王… Ⅲ. ①儿童小说－短
篇小说－英国－现代 Ⅳ. ①I561.84

中国版本图书馆CIP数据核字(2021)第218999号

## 和海鸥对话的男孩 HE HAI'OU DUIHUA DE NANHAI

〔英〕伊芙·安斯沃思 著　王紫薇 译

出 版 人: 杨惠东
出 品 人: 李国靖
特约监制: 陈美珍
责任编辑: 王　艳
技术编辑: 何国起
特约策划: 马月敏
特约编辑: 马月敏
版权支持: 程　麒
封面设计: 书情书籍装帧设计 QQ2450277745
版式设计: 彭　娟
出版发行: 天津人民美术出版社
社　　址: 天津市和平区马场道150号
邮　　编: 300050
经　　销: 全国新华书店
印　　刷: 河北鹏润印刷有限公司
开　　本: 880mm×1230mm　1/32
印　　张: 8.25
印　　数: 1-10000
字　　数: 133千字
版　　次: 2021年12月第1版
印　　次: 2021年12月第1次印刷
定　　价: 35.00元

著作权合同登记号 图字: 02-2021-113
版权所有 侵权必究
发行电话: 022-58352963　　网　址: www.tjrm.cn
图书若有印装错误，影响阅读，可向承印厂联系调换。

致我心目中的足球明星——伊桑。

你是我最大的骄傲，我永远爱你。

　　她牵着他脏兮兮的小手，把它紧紧攥在自己手里。天气又冷又干燥，寒风刮得他们脸颊发紧。他们周围弥漫着一股咸咸的味道，那股味道充斥在他们的呼吸间、哽在他们的喉咙中。

　　他们沿着惯常的路线走着，到报刊亭时右转，然后缓慢、小心地从它旁边绕过。他一步一摇地走着，时不时停下来指指那些吸引了他目光的东西：一道银白色的鼻涕虫爬痕，一块漂亮的小石头，一个别人扔掉的薯片包装袋。都是平平无奇的东西，但对他来说，却是一个又一个惊奇的小发现。对于五岁的他来说，世界是如此美好。

　　她毫不介意他的磨磨蹭蹭，也几乎从不着急。她说话总是温柔又体贴，会经常表扬他，然后摸摸他的头发、轻抚他的脸颊、捏捏他的手指。她的手温柔地牵着他。她的指甲总是涂着红色的指甲油，在他白皙皮肤的映衬下总是显得那么鲜艳。

他们朝着他俩最爱的地方走去。走到马路连接观海步道的地方，他们会穿过马路站到那排栏杆旁边。在这里他们可以看到最棒的风景，一望无际的大海毫无保留地呈现在他们面前。在他们左侧，长长的码头像手指一样指向大海。

他们今天又去了那里。她稍微往栏杆后站了一点儿，目光扫过海岸和汹涌的海浪，手指不自觉伸向唇边。她一直在眺望远方，并且告诉他，她在等海鸥来。大多数人都讨厌海鸥，但她不。她喜欢它们的声音，说海鸥的叫声就像大海的乐章。

今天十分安静，他们周围一个人也没有。她开始轻轻哼起歌来，都是他从收音机里断断续续听过的一些旋律。熟悉的歌词环绕着他，惬意地淌进他的脑海里。有时候她会唱些别的，一些更老的歌曲。据她说，那些歌都是她母亲给她唱过的。那时的她看起来很难过。他知道她的母亲已经死了，他知道她现在只有他们了。

她的歌声在微风中随风飘荡。


在都柏林繁荣的城市里，

女孩们都如此美丽，

我一眼就看到了甜美的莫莉·玛珑，

她推着自己的独轮车，

穿梭在大街和小巷，

喊着：'青口和牡蛎，新鲜啊，新鲜！

新鲜啊，新鲜，

新鲜啊，新鲜！'

她喊着：'青口和牡蛎，新鲜啊，新鲜。'①

　　他抬起头看着她。她看起来是那么宁静、快乐，她卷卷的头发被阳光照得闪闪发亮。当她低头对他微笑时，眼里有跃动的光芒。

　　她用手梳了梳他乱糟糟的头发。

　　"你永远都是我的宝贝。"她说道。

　　他点点头。他知道她说的是真的。他紧紧依偎在她身边，他们谁都没有动。微风仍旧萦绕在他们身边，温柔得仿佛在轻抚他们。

　　一切都很完美，正如他一直想要的那样。

———————————————————

① 爱尔兰民歌 Molly Malone。——编者注。

# 第一章

　　清晨七点，我们家就成了一个空壳。爸爸的房门敞开着，像是饥渴难耐的怪兽张着血盆大口。里面的床铺收拾得整整齐齐，所有的东西都按着该有的样子被收拾好了。我站在门口往里看了一会儿，一股深深的恐惧盘旋在心头。我知道自己这样很傻。我明知道他今天要一大早出发，却还是止不住心中的不安，那股从未变过的焦虑感开始一点一滴浸入我的五脏六腑。这个家里只剩下空荡荡的回音，我不喜欢这样。

　　事实上，我讨厌这样。

　　这个家空下来的时候，有些东西就会乘虚而入。那种感觉很难形容，但它总是让我很不安——就像有只瘦骨嶙峋的手不停地在我脖子后挠来挠去，怂恿着我回头看向阴影深处，去看那些我害怕看到的东西，那些已经不在了的东西。

那些消失了的东西。

那些空出来的地方。

那种感觉让我想重新变成小孩子，这样就可以跑到床底下躲起来，或者我可以干脆躲得远远的，再也不待在这里。家里太安静了。我想听到些声音，想要变得疯狂一点儿。

我只是想要这个家别再这样。

我穿好衣服下楼。楼下的大门紧闭着，黑黢黢的阴影占满了每个角落。我发誓家里从来都没有这么阴冷过。他像往常一样给我留了早餐：一袋麦片和一个碗，而且不例外地没有留下只言片语。水槽里有他没喝完的咖啡，除此之外，整个厨房一干二净——像是几乎从未被用过，没有一丝烟火气。我看了一眼那袋麦片犹豫着要不要吃，可我实在没什么胃口。我在厨房里看来看去，想着是不是能吃点儿别的——面包箱里有块小面包，罐子里也还有几块饼干。可吃东西解决不了问题，我得离开这里才行。

我拎起书包，抓起门厅杂物筐里的钥匙，然后从前门砰地摔门而去。无论是院子里的杂草，还是篱笆上爸爸那辆年久失修的自行车，都被我努力无视了。这里以前绝不是这样的，所以只要走得足够快，集中精力不去看周围，我就还能假装眼前的情形是不存在的。

虽然我想得很好，但身体却不受控制，在房子外蜿蜒的小路上我拖着身子走得跌跌跄跄。我觉得我的大部分意识还想躺在床上。事实上，我可能是疯了才会这么一大早跑出家门。可我还能怎么办呢？要么是待在家里，孤零零的一个人；要么是待在外面，彻底摆脱家里的感觉。我感觉自己就像个在清晨中游荡的孤魂野鬼。天色还是一片漆黑，沉甸甸的书包挂在我肩膀上，勒得那一块肉疼。周围一个人也没有——没有遛狗的人，就连住在路那头的慢跑爱好者都不见人影。我用力吸了一口气把肺胀得满满的，想让自己清醒过来。秋天的空气冷冽干燥，掉落的树叶在我脚下嘎吱作响地被踩成粉末。

本出自尘土又归于尘土……

这条蜿蜒的小路绕到房子后便突然到了尽头，取而代之的是一条九十度往左的泥泞小路，伸进细长的树林间。哪怕在漆黑的夜里，我都能在这条小路上健步如飞。这里的每一块石头、每一个小坑、每一处凸起的树根，对我来说都再熟悉不过。我一边走，一边扒开张牙舞爪的树枝。这条小路的

一边紧挨着一片菜地，那里在这个时候通常是一片死寂，但我可以肯定，要是站在远处的转角往菜地里看，里面肯定有动静，或许我不是唯一一个这么早起来到处乱转的怪胎。

路的另一边是个给孩子们玩的小公园。我飞快地往公园围栏里扫了一眼：那个蓝色的小滑梯、小孩子的秋千，还有那个曾经看起来高到不可思议的攀爬架，都还在那里。我转过头不敢再看。我已经很多年没去过那里了，那里是属于过去的。小路的尽头连着一道又窄又泥泞的台阶，我一步一摇地踩在台阶上，晃得书包重重地弹在身上。台阶外尽是些沼泽似的烂泥地。我在心里暗骂着，一不小心踏进一个大泥坑里，尽管如此我也没有停下来，只是加快了脚步，继续吭哧吭哧地穿过泥地往山上走。这是我偏爱的路线，我知道这有点儿绕路，但一路上却有趣得多，而且也更安静。我可能偶尔会在这条路上撞见一些遛狗的人，但也仅此而已，而且谢天谢地，他们都没兴趣跟我说话。

上到山顶后，山坡的另一面在目光可及的地方延成了一片平坦的足球场。我站在原地深吸了几口气。破旧的球门立在球场的另一端，这里曾是我们经常来踢球的地方。实际上，其他人现在也还来。他们当然会来，对他们来说，一切都没变不是吗？我还记得自己以前一到这儿就把东西往地上一扔，急匆匆下场踢球的感觉。

想到这儿，我胃里猛地一抽，我立刻用力眨了眨眼睛看向别处。现在我终于看到了。

我看到了那片大海。

我目不斜视地穿过球场，直到彻底走出草地，踏在观景步道上。整条观景步道都空荡荡的，我横穿过步道朝着栏杆走去，一直走到最远处的蓝色长凳那儿，这里是离那个伸进海里的废弃码头最近的地方。这里是属于我也是属于我们的地方，过去我们常来这里。

这里是属于我和妈妈的。

她曾说这里就像是天堂的一角。这么说或许有些夸张，但这里真的很特别，尤其是对我和妈妈来说。翻滚着的灰色海浪乐此不疲地冲向岸边，带着咸味的空气扑面而来，冻得我脸僵嘴麻。宁静和喧闹在这里诡异地融为一体，哪怕你独自一人也不觉得孤单。这片海有种特殊的魔力，让人觉得自己是它的一部分。

在这里我整个人都放松下来。

我小心翼翼地靠在栏杆上，让又冷又硬的铁栏杆贴在背上。现在我终于能集中精力，也终于能听到外部的声音了。当然，它们——那些海鸥一直都在叫。我今天下定决心要待

在这里，再次和它们待在一起。

我仰起头等待着。

它们来了，起先有些迟疑，但在我的凝视下，那些海鸥叫声嘹亮地俯冲而下。它们仿佛不在意我的存在，有一只甚至就落在离我几米远的地方，张着双翅歪歪扭扭地跟我打招呼。它微微歪着脑袋，一双又圆又亮的小眼睛好奇地打量着我。

"早啊。"我轻声说，似乎连声音都在寒风中簌簌发抖，"很高兴见到你，小家伙。"

我发誓我说完它就把脑袋又稍稍扭过来一点儿，用自己的嘴巴对着我。这是什么情况？

"她过去总是说……"

"你在和谁说话？"

我倏地僵住。那个声音有那么一瞬间让我蒙了，它听起来太熟悉了。我调整好姿势转身看去，但毫无疑问那不是她而是别人——某个路过的女孩而已。她手扶在我身旁的灯柱上，正站在那里盯着我看。我完全不认识她。她看上去年纪很小，比我小得多，而且身材瘦得可以直接从我靠的栏杆中间穿出去。她的头发又黑又乱，被风吹得贴在她苍白的脸上，时不时又扫过她仿佛画着黑色眼线的眼睛。她朝我露出了一个灿烂温暖的微笑。看到我向她看去时，她眼里闪闪发亮。

"你刚才在自言自语吗？"她直截了当地又问了一次。她的声音在微风中十分响亮。

我眨了眨眼睛。那只海鸥已经飞走了，真是没脑子的小叛徒，这下倒显得我刚才确实在自言自语。不过好歹这也比承认我刚才在跟一只脏兮兮的海鸥说话要强吧？

"是不是，和你有关系吗？"我说着迅速站直了身体。我不需要这种关心，也不希望身边有其他人围着。她为什么会在这个时间出现在这里？现在明明还很早，尤其对她这样的人来说，简直是太早了。我就是因为这样才会在这个时候来这里的，因为我不想见到任何人，我不想被打扰。

"我就是，觉得有点儿奇怪……"她小声嘀咕。

我扭头瞪了她一眼。她在开什么玩笑？她穿着一件破破烂烂的灰色T恤和一条变形的牛仔裤。自己那副样子盯着我，还好意思说我奇怪？她那身衣服简直像直接从垃圾桶里扒出来的。而且她都不冷吗，连件外套都不穿？我不由得缩了下身子。她这样没关系吗？

可我没工夫考虑这些，现在不是想这个的时候，我需要一个人待着。我慢慢摇了摇头，提起书包搭在肩上。

"你为什么会在这里？"她问道。

"我就是……没有为什么……"

"很好。"她咧着嘴笑道,"你的回答相当有礼貌,相当。"

我耸了耸肩,说:"抱歉……"

说完我迈开脚步,经过她身边时我说道:"奇怪的可不是我。"毕竟,我可不会站在寒风里盯着别人猛看,不会头发乱得跟鸡窝似的也不梳,更不会在冰冷的大清早穿得像过夏天似的。

"喂!"她气冲冲地向我喊了一声,但我不想理她,也不想理任何人。我只想要那只海鸥,而她却把它吓跑了。

所以,还真是谢谢了。

他身上穿着一套崭新的球衣，兴奋得不得了。他一脚把一个靠垫踢到地板上，看着它滑出老远又转了个圈。脚上的新球鞋是他的最爱，这双黄绿相间的球鞋还摆在鞋店里的时候他就一眼看中了。上周比赛他连进了三个球，于是这双鞋就成了他完成"帽子戏法"的奖励。妈妈总是知道他最喜欢什么东西，她也喜欢满足他。

　　"嘿，你收着点儿，小罗纳尔多！"她笑道，"别把我的房子砸了。"

　　她边说边给他收拾球包，把他要喝的饮料、要戴的护腿一样不落地装进包里。屋外的倾盆大雨丝毫没被他俩放在心上。

　　"走吧！"她对他喊道。

　　他们又笑又叫地跑向车里，雨水噼里啪啦地拍在他们脸上。她嘴里嘟囔着下雨天把她的发型弄得更"乱"了，但似

乎又不是真的在抱怨。她脸上一直带着笑容。短短的车程中，他一直说个不停。这次的球队会是什么样的？他能在里面踢好吗？要是他踢得不好怎么办？妈妈听完从后视镜里对他笑了笑。

"你没问题的。"她说，"你可是我的小球星。"

他们停好车后大步穿过泥泞的球场，朝着一个满脸红形形的大个子男人走去。那个男人上前几步和妈妈握了握手。

"阿尔菲，我听说过一些你的优秀战绩，你妈妈说你很有天赋。"

他顺着声音抬头看去，妈妈笑容满面地揉了揉他的脑袋。

"他虽然只有八岁，但已经在罗斯菲尔德俱乐部的高年龄组踢了两年，现在是时候迎接新的挑战了。我听说你们是最好的球队。"

那个男人咧嘴一笑："没错，而且我们正需要一个好的中场。"

"爸爸不来了吗？"阿尔菲问妈妈。

她摇了摇头。"他得上班，不过他也特别为你骄傲。"妈妈弯腰靠近了些，"不过还是没我多。"她在他耳边小声说道。

"走吧。"他的新教练对他说，"我给你介绍队里的其他成员。"

他走了几步后停下来，感觉到了那抹常常把他往后拽的焦虑不安。

他真的能做到吗？

他回头看了看妈妈，她对他轻轻点了点头。

"没问题的，阿尔菲。我在这儿呢，我不会走的。"

妈妈说得对，她当然是对的。他知道她一定会一直看着他的。

她哪儿也不会去。

第二章

　　我像往常一样走进学校，根本懒得去本家敲门叫他，反正他也习惯迟到了，更何况，我想一个人待着。我现在还是觉得很累，没心情说话。刚刚和那个女孩的口角让我觉得心烦意乱，要是她没看到我在那里自言自语就好了。虽然我之前没在附近见过她，但我们这里毕竟是个小镇，万一她是新搬来的呢？我已经能想象别人在我背后说三道四的样子了。

　　哎，你听说了吗？阿尔菲会自己和自己说话。

　　不止呢，比那还糟，他还去跟鸟说话，简直就是个怪胎。

　　我甩甩脑袋赶走这些念头。但愿她不是什么风云人物，但愿我可以不用再见到她。我走进学校大门的时候手机振动了一下，是爸爸例行公事发来的短信。

**祝你在学校过得开心，四点见。放学后去踢球吗？**

不，爸爸，我放学不去踢球。我已经好几个月没去了。我都跟你说过多少遍了……

我没回他——因为毫无意义，他从来都不看我的回复。我把手机关机，低着头、浑身紧绷地走进教学楼，开始应付新的一天。我不讨厌上学，以前甚至还很喜欢，纵使学校里有几个我不喜欢的人，但我觉得在某种程度上我也还是喜欢的。不过我发现今天比以往更难集中精力。我脑子里不停地闪现出过去的画面，无论我怎么控制，那些事情还是源源不断地涌入脑海。要是这种情况变得越来越严重——真的特别严重的时候，我就会彻底没法儿再在这里待下去。一切都毫无意义，生活已经注定一片狼藉，上不上学又有什么重要的？总有人喜欢告诉你生活掌握在自己手中，但事实上，人们对生活中的绝大部分事情都无能为力。

维持这样的生活真的太难了。明知道自己不正常，可我还是得装作和其他人无异的样子。学校里那些我不喜欢的人能不来烦我，只不过是因为可怜我。从某种程度上来说，这

种行为更过分，不是吗？毕竟我从来没想过要他们同情。

我从来都不需要那种东西。


数学课时，我靠在椅背上眼睛直勾勾地盯着黑板上那行数字，直到它们在我眼前变得模糊不堪。那道题目难度不小。数学本该是我最擅长的科目，可现在看来那就像个残忍的笑话，我现在连加减法怎么做都想不起来了。

在我身后，科尔和凯登正在小声地东拉西扯，我听到他们说些什么足球、野营之类的无聊话题。事实上，他们的声音根本不小，简直就是在嚷嚷，可其他人似乎毫不在意。我们的代课老师是个文文弱弱的女老师，她披着一头金色长发，细长的脸上长着一双水汪汪的眼睛。她不停地看向我们这边，仿佛想要用眼神制止那两个人似的。科尔被她看得哼笑着往椅背上一靠，结果整个人没坐稳踢在我的椅子上，颠得我浑身一颤。我啪地把笔甩在桌上转过身。

"你干什么？"我冲他低吼。

科尔瞪大了眼。他是个相当惹人嫌的家伙，总爱表现出一副学校是他家开的样子，就连在球场上，他也是这副德行。他往前坐直身子，咧着嘴冲我假惺惺地笑。

"抱歉，阿尔菲。我刚才踢到你了吗？"

"对，不然呢？就是你干的。"

凯登还在一边咯咯地笑，他笑得脸又红又涨，像是随时会炸开。和科尔一样，他觉得自己长得很帅，但其实也只是他们自己那么认为。

"阿尔菲！冷静啊！"他一边装模作样地抬手挡了挡，一边飞快地斜了科尔一眼，然后又是一阵窃笑。

"你们在后头吵得我没法儿集中精力。"我沉着脸说。

接着我就看到，他们俩的眼睛里腾起邪恶的火花。科尔用手肘推了一下凯登，然后哼了一声。他们心里想的都一样，他们想嘲笑我斤斤计较，想说我是个哼哼唧唧的书呆子。

可是他们不会说出口，只会用那样的眼神盯着我看，脸上还装出一副无辜的表情。我愤恨地看着他们。

过了一会儿，科尔靠回椅背上，表情也恢复正常了。

"我很抱歉，阿尔菲。"他轻声说。

可我仍旧盯着他们，情愿他们再多说几句——说那些他们真正想说的。

你们倒是来啊，少装出这副温顺的样子，难道忘记我们打成一团的时候了吗？你们想怎么骂我就骂呀，来激怒我呀，可千万别让我失望。

可是他们始终都用一副淡定的表情看着我，试图表现

得友好，对我做出忍让的样子。我转身继续做题，然后再一次盯着眼前那些数字直到视线模糊。我今天对这些数字毫无办法。

我什么都写不出来，我觉得他们是彻头彻尾的坏学生。

我身上像是包了一层保护膜。如果可以，我真恨不得把它扯下来撕个粉碎，然后统统塞进那些人嘴里。我从来没要他们这么对我，我不需要任何特殊待遇，我想要和以前一样。为什么他们都觉得自己在帮我？爸爸、老师、科尔还有其他所有人，全都表现得仿佛我是什么生了病的小动物似的。人人都躲着我——一反常态地对我极尽包容。

这样对我根本没用——阻止不了我脑袋里的东西，仅仅表明了每个人的演技不同而已。而那样让我感觉更糟，简直雪上加霜。

别再包容我了。

求你们。

我真的很讨厌这样。

所谓的包容对我来说就是最坏的攻击。

因为如果所有人都在把我往回拽，那我还怎么向前进？

好在我还有一个靠得住的人，他对我还和以前一样。他的存在让我得以维持理智，尽管这么说感觉有些讽刺，因为大多数时候也都是他烦得我发疯。

这个人就是本。

"你好呀，阿尔菲。"他边说边把背包往餐厅的桌上一甩，然后扑通一声落在我前面的座位上。接着他大声叹了口气，生怕我还没注意到他。

"我真的觉得我的人生完了。"他用一副阐述事实的语气说着这话，仿佛在向我播天气预报似的。我盯着他，发现他今天的样子，哪怕放在他身上，也相当出格。他耳后的一缕头发貌似染了颜色，衣服也穿得有些邋遢。"本，你的头发，你在搞什么鬼？"

他伸手摸了摸头仿佛才想起那回事，然后哈哈大笑。

"哦，这个啊，我偷用了莱拉的染发剂，她估计要气坏了。你觉得怎么样？"

我又多看了他的头发几眼，说道："有点儿显眼。学校没说什么吗？"

本耸了耸肩："玛龙老师点名的时候发现了，只是告诫我要染回去，不过他一心扑在自己离婚的事上，估计没工夫管我。"

"他要离婚了？"

"对啊，这事尽人皆知。上周音乐课的时候他突然泪流满面。好像是他们唱的那首歌让他想到他妻子了。"本一脸坏笑地打开他的书包说，"那首歌是 Lady Gaga 的，所以他就悲剧了。大家都在猜，是不是真的……"

我对着自己的三明治咬了一大口。"那你刚说人生要完了是什么意思？"我边吃边问。

本故意把他的空薯片袋啪地往桌上一拍，说道："阿尔菲，这是真的，我觉得我喜欢上一个同学了。"

"哦，是吗？喜欢谁？"

我发誓，本对喜欢这事有什么误解，因为他就很少有不喜欢的时候。每当风向变了的时候，他也开始跟着转向另一个人，每次都是三分钟热度。

"贝蒂·柯林斯。"本回答道。

"什么，十年级的？你没开玩笑吧？"我吃不下去了。

"没，我认真的。她真的友善……"

"她年纪比你大。"我打断他。

"没关系，她今天对我笑了。"

我叹了口气，说："她对谁都笑的，本。她就长那样。"

"可是……我喜欢她。"本边说边凑到我跟前。

"这种一时冲动的事你最好就别告诉别人了。"我看着他说。

他把薯片袋揉成一团塞回书包里，说道："我不是一时冲动。不过你说得没错，我也不想弄得尽人皆知……"

本打量了我一会儿，脸上闪过一丝认真的神色，不过他随之又点点头，似乎抛开了那种想法。

"你今天还好吧？"他最后说道。

"好，一直都挺好。"

"那你爸爸呢？"

"他也挺好。"

一直都挺好。

\*

好不容易撑到最后一节课，在所有人都没反应过来的时候我已经踩着铃声穿过人群。我不想被任何课堂外的事情多留一秒，我只想赶紧回家。我脑子里塞满了事情，感觉快炸了，但那些事和上学无关，都是别的事情。或许今天的问题就出在这儿，我脑子里已经没有用来学习的空间了。我走在路上感觉脑袋越来越沉，就连把它顶在脖子上都成了十分费力的事情。路过接待处的时候，我朝里面瞄了一眼。在接待处工作的女人叫苏珊，我很喜欢她，因为她一直都对我特别好，今天她正巧在和贝蒂·柯林斯说话。我发现我走过接待

处时，会不由自主地观察贝蒂·柯林斯。我不知道她是不是感觉到了我的目光，因为她随即朝我转过了身。

"嘿，阿尔菲！你好呀，放学愉快。"她笑着对我说。

我还是想不明白为什么本会喜欢她，可能是她招人喜爱吧。

"谢谢，贝蒂。"我喃喃地回话时，眼睛越过她，望向了接待台后面的房间，那里是校长访客的等候室。

在我还没反应过来的时候，我已经慢下了脚步几乎停在原地。

那个女孩，就是今天早上的那个，在等候室里。她瘦得像副骨架似的，脸色苍白地坐在一个年长些的女人旁边。那个女人腿上坐着一个小男孩，身前还有一辆婴儿车，她颠着腿正在大声和怀里的小孩说话。

那个女孩抬起头发现了我，她没有闪躲，反而紧紧地盯着我。

她旁边的女人还在说话，事实上她完全就是在吼自己腿上的小男孩，但那个女孩的眼神一动不动。

我看向别处。

这个乐高他拼了很久，每当往亮绿色的底座上装一个东西，他都要精挑细选，确保每一处细节都挑不出毛病。窗户必须要完全对称，而门必须够大且要装在正中间。这次他不急躁，一点儿一点儿地精雕细琢。虽然之前搭的那些妈妈也喜欢，但是他不满足，他要送妈妈一个能让她从心底里笑出来的房子。

这个房子必须像他们曾经讨论过的那样完美。

他从装乐高的盒子里翻出一棵小树，那棵树不知道是什么时候被压在盒底的，已经被压变形了。他摸了摸被压扁的地方，心想：没关系，也许树枝被风吹平了就会像这样。他把这棵树插在了房子的一角，但是等等，这棵树有问题。树上面脏了，有个像手指印似的小污点。是什么东西弄的，墨水吗？

这让他想起了海滩边的那棵树。那棵被闪电劈中后整个烧得焦黑，但却仍然挺立，仿佛一棵向太阳抻着脖子祈求收留

的树。他常常抬头望着那棵树，想象着它没被雷电击中前的样子。他想知道这棵树有没有受伤，火焰钻进树皮时它是不是有感觉？火花飞溅到它的树叶上是不是一触即燃？它会不会很疼？

他又看了看才把那棵树从底座上拔出来，然后小心地把它放回盒子里，因为这棵树受伤了。他希望自己把这棵树忘掉，假装从来没见过它。

这时他听到楼下传来的动静。先是开门的声音，然后是踏进门厅的脚步声。他缓缓托起自己的作品，小心得仿佛连呼吸都屏住了。他不敢让它摔在地上，不能再摔了，这次他要让妈妈看到这个完美的房子，她一定会更喜欢的，一定能让她笑出来。他慢慢挪到了二楼的平台，听到了他们在门厅的说话声。楼梯栏杆的扶手上方隐隐露出他们的头顶，秃了一块的是爷爷，黑色鬈发的是爸爸，而妈妈正抬着头站在楼梯旁边，直直地看着他。

"这是我给你做的。"他说完举高了手里的东西要给妈妈看。他想看到她眼前一亮的样子，想要妈妈欣喜地跑上楼，把他做的房子拿在手里仔细打量。他想摸摸她，让她再次靠近自己。

可这时爸爸牵起了妈妈的手，她看向了别处。

"这是我特地给你做的！"他拔高声音又说了一遍。

爸爸睁大的眼睛里满是悲伤。"我们得走了。"他说，"我们不能迟到，等回来再看你的飞船。"

这不是飞船，大傻瓜。这是一座房子。

他眼睁睁地看着他们走远，而妈妈再也没有回头看他。他也想和她在一起，可是她不要他。

一眨眼的工夫，他们就不见了。

妈妈又走了。

搭好的乐高房子摔落在地，四分五裂的碎片顺着楼梯滚到她刚才站着的地方。

第三章

　　我现在回家总是会经过海滩，我需要这么做。我要去那里的最主要的原因应该是那个地方是我和妈妈之间最后的维系。那曾是一个属于我们俩的特殊地方。

　　这天，我站在那棵被闪电劈中的树旁，抬头看着它。这棵陈年旧树似乎总是在喊我回来。在我还很小的时候，它看起来是那么高大，甚至大得有点儿恐怖，而现在它显得柔弱不堪。它表面那些焦裂的树皮就像一片片朝天长的恶心的指甲盖儿。我几乎都要替它感到难过，都已经死了还要被留在这里永远立着。

　　"你又要开始和那个东西说话了？"

天哪，怎么又来了。

我翻了个白眼，不用转身都知道是谁，又是那个女孩。

我没理她，继续往前走。

"你这个人还真有礼貌，是吧？"她跟在我后面语调轻快地说。她似乎是在嘲讽我。

这下让我有点儿反感了。

"你跟踪我干什么？"我不客气地回击。

她哈哈一笑，那种"嘿嘿，我抓到你了"般的笑声又尖又吵。"我没有！我干吗要跟踪你？"

我停了下来，说："那怎么我走到哪里都能看到你。"

她抬手在身前挡了挡。"听着，我不知道你哪里出了问题，但是我没有跟踪你，明白了吗？这是我回家的路。"她吸了吸鼻子说，"我没那么不知分寸。"

我愣在那里，浑身涌过一丝不安。"那个……抱歉，我不是故意的。我只是……"我叹着气说，"我现在只是想一个人待会儿。"

她哼了一声，说："我完全感受到了你的意思。"

"我不是在针对你……我没有……"我不自在地扭了扭身子，"我现在不太适合和人待在一起。"

她略略点了下头，说："好的，我明白了。另外你听

着，那天在海边我不是故意要惹你的，我只是想开个玩笑，抱歉。"

我沉默地站在原地，她的话回荡在我们中间。在我前方，挨着路边的草丛中，有一只小鹧鸪正窝在草丛深处盯着我看。我一直都很喜欢鹧鸪，于是我继续一动不动地站着，不去惊扰它。

"我那时在和一只海鸥说话。"我最后说道。

"哦，好吧。"

她站在离我身后不远的地方，像是怕冷似的环抱着细细的胳膊。她肩上挂着个巨大的书包，像是能把她半个人拖倒在地。她乱糟糟的长发围在脸边，嘴角露出了一丝微笑。

"我和海鸥说话很古怪吧？"我冲她发难。

"不啊，一点儿也不怪。"

"那你在笑什么？"

"你呀！你看起来就很……怎么说呢，很紧张的样子！"她的笑容更灿烂了，"本来没什么大不了的事，但是你急得直跳脚，像是我给你的三明治里加料了似的。"

我忍不住笑了出来："好吧，说真的，你要真在我的三明治里加料我可没法儿忍。"

她朝我走过来，说："我保证不会干这事。我这人自制力超强。”

“那我就放心了。”

“不管怎么样，就像我之前说的，我很抱歉。我之前状态不好，有时候说话不过脑子。”

她顿了一下，大大的眼睛对上我的目光。

“但是老实说，我们刚搬到这里，能找人说说话的感觉挺好的。我是说，因为我和一群小不点儿住在一起，烦得头昏脑涨，所以不得不到外面去。我想离他们远远的，你能理解吗？”

我叹了口气。无论是和别人待在一起，还是说话，都是我最不想干的事。就在我准备这么说的时候，她突然打了个冷战，然后用胳膊抱紧了自己。

“我在这里谁都不认识，我根本不想搬到这里来。”

我犹豫了一下，还是问道：“你们之前住在哪里？”

“伦敦南部。我们必须得尽快搬走，因为情况有点儿……复杂。”说完她垂下了脑袋，一头黑发四处乱飘。

“那个，我觉得……”

这时她又猛地抬起头，目光灼灼地看着我说：“那天早上我就是有点儿好奇你在那里干什么，竟然起得那么早。我本来以为除了我，没人会在那个时间起床。”

我扭了扭身子，不自在地说："就……那个时间很适合出去，我喜欢安静。"

而且我这段时间都不怎么睡觉，大多时候我都要在床上躺好几个小时才能睡着。而其他时候，呵呵，其他时候我一旦醒了就再也睡不着了。

不过这些就没必要让你知道了。

"原来如此，我也喜欢安静。"

我再次叹着气说："那个……"

我突然卡住了，因为我发现我连她叫什么名字都不知道。

"爱丽丝。"她轻轻回道。

"好的，爱丽丝，很高兴能认识你和你聊这么多，我真心希望你可以喜欢上这里。但我现在有点儿忙，所以你明白我的意思吗？"

而且我不想要任何新朋友出现在我生活中，明白吗？

她点了点头，说："好的，我明白你的意思了。"

"祝你……总之，很高兴认识你。"我生硬地说。

天哪，那一点儿也不像我会说的话，以前我无论如何也不会这样说，这听起来就像我爸爸对陌生人会说的话。

"我也是……"

她睁大眼睛看着我，脸上又蓄满了笑容。我喜欢她的笑容，真心的。她的笑容温暖又热忱，是发自内心的。

"阿尔菲。"我告诉她我的名字。

"我也很高兴认识你，阿尔菲。"她立刻说道。

我用脚点着路面，问道："那你现在要回新家吗？"

我发誓，那一瞬间我看到了一丝微妙的表情从她脸上划过。但是随后她就又笑着耸了耸肩，说："不，我估计还要在这里待一会儿，然后再去趟海滩，我喜欢那里。"我说不出什么反驳的话，因为我也喜欢那里。

我对她稍微挥了挥手，感觉有点儿傻气，然后转身就走。我应该感到轻松和如释重负才对，毕竟我是想要离开的。可我却被某些东西拉住了，某些更沉重的东西……我觉得，那可能是内疚吧。她在这里人生地不熟，又孤零零的一个人，我本该留下来、待她友善些才对。

我应该要对她好一点儿的。

于是我再次转身。

我看到她朝着海滩的方向走去，还没走到就停在了最靠外的那个长凳边，就是那个面朝大海的长凳。她慢慢在长凳上坐下来，卸下肩上的书包放在一边，眼睛随着海面看向远方。她看起来特别安静。

而且孤单。

我想走过去，那才是好的做法，换作以前的阿尔菲，他一定会这么做。他会直接坐在她旁边，好好地和她聊天。他会问她的生活是怎么样的，会和她说学校里的各种八卦消息。

可是现在的阿尔菲累了，他没有多余的精力分给别人，也没有精力去解决别人的问题。

所以阿尔菲往家走去，努力不去想她。

整整两天了，妈妈整整两天没下过楼了。

他站在底层的台阶上仰头望着二楼，隐约能看见她关着的房门。门缝底下透出的微光像是一抹温柔的诱惑，让他想悄悄爬上楼去推开那扇门，然后像以前一样爬到她床上。

"妈妈？妈妈！你还好吗？我能上来吗？"

他说完往上爬了几级台阶，可心里随即涌出一股不安，像是有一根冰冷的手指在他五脏六腑里挠。他又抬头看了看那扇门。为什么他会害怕？他明明一直都很勇敢的，所有人都这么说。

"……妈妈？"

他又往上踏了一级。他想见她，因为他已经很久没见过她了。

但这时他觉得背后出现了一片阴影，一双大手钳住了他的肩膀。

是爸爸。

"不行，阿尔菲，别上去。让妈妈好好休息。"

可他只是想和她说说话。他想告诉她，那只知更鸟回来了，但从她房间的前窗是看不到的，得从后窗往树上看。

"下来吧。"爸爸轻轻地拽着他的手臂说。可他不想走，他甩开爸爸的手接着往上爬，离那扇关着的门更近一步了。他要靠近那扇关着的门，那扇让他害怕的门。

他要靠近她。

他听到了从门里传来的声音，一阵可怕的呕吐声，她像是被卡住了喉咙，听上去很痛苦。那完全不像是她会发出的声音，更像是野兽的呜咽。

他飞快地转身抬头看向爸爸，希望能从他脸上看出点儿什么好让自己放心，让自己没那么难受。或许爸爸还会告诉他到底发生了什么事，然后告诉他没事的，一切都会好起来。

但爸爸也像他一样盯着那扇紧闭的门，脸上凝满了悲伤。他另一只手握成拳头抵住嘴巴，紧紧闭上了眼睛。

他哭了。

# 第四章

　　我到家的时候发现房门没锁，这意味着爸爸今天提早回来了。我意外地犹豫了一下，然后收起钥匙。最近这段时间爸爸都工作到很晚才回来，而我们都心知肚明他是故意的。

　　我推门走进去，把书包往门厅地上一扔，下一秒就听到了爸爸的动静。他在厨房里放着音乐——一些难听的八十年代乐队的歌曲，偏偏他还总想让我也喜欢。我瞥了一眼楼梯，考虑着是不是可以直接回房间彻底躲开他。不过那样似乎有点儿太过分了，所以我还是转身走进了厨房。

　　爸爸正在做饭。坦白说，只要他愿意花心思，他的厨艺其实很好。所以当我看到那锅翻滚冒泡的咖喱时，胃里立刻咕咕叫了起来。爸爸听到动静转过身，手里还抓着一把木勺子。

"回来啦，儿子。我饿得不行了，所以就想搞点儿好东西换换口味。"

我点点头，这个口味确实换得很大。大部分时候他不是叫外卖就是用烤面包和番茄黄豆罐头对付一下。

爸爸块头很大，有他在的地方总感觉被塞得满满当当。我所说的"块头很大"并不是指他胖的意思，而是健硕。他过去常常锻炼——那都是几年前的事了，在这一切都还没发生之前——而现在他整个人感觉又壮又敦实，手臂上的肌肉鼓得像座小山似的，厚实的胸膛像是直接越过脖子把脑袋顶在了上面。我的朋友以前都觉得他很凶，像那种流氓恶霸之类的人。我一直觉得这很搞笑，事实上他一点儿也不凶，他就是个白天在仓库上班、晚上会在镇上酒吧喝点儿酒的普通人。我觉得他甚至从没和别人打过架，他特别像那种但凡发现不对劲就会远远躲开的人。

"你今天过得怎么样？"他边问，边搅了一下锅里的咖喱。

"还可以。"

我在餐桌前坐下，把他摊在那儿的报纸拉到跟前，这样我就可以假装在看报纸，哪怕我对上面的内容一点儿兴趣也没有。我扫了一眼标题，这不是他常看的那份报纸。

"西汉姆联队又输了。"他提了句。

"是吗……"我根本没看新闻内容，而是一直在看报纸上的填字游戏。这道题看起来很眼熟，难道就是妈妈曾经费了好几个小时才做出来的那道？是的……以前经常买这份报纸的人是她，不是爸爸。她是不是就为这个才买这份报纸的？为了玩上面的填字游戏？多数时候她都做不出来，然后又气又恼地把报纸扔进垃圾桶里。

"这是不是妈妈常买的报纸？"我指着那份报纸问。

爸爸转头看着我，脸色微沉地说："什么？不是吧……我也记不清了。报刊亭里就剩这一份报纸了，我为了看那场比赛的情况才买的，他们踢的都是什么玩意儿，必须让那个教练下台。"

不，不是……我不想听你说那场比赛的事，爸爸。我想听你说妈妈的事。

"这就是她爱买的报纸，我确定……她以前一直玩上面的填字游戏，记得吗？她很喜欢玩。"我自顾自地说。

爸爸背对着我耸了耸肩，说道："或许吧，反正买的时候就剩这一份了。"

"她喜欢字谜游戏。"我接着说。

"阿尔菲……"

爸爸转过身，脸上挤出一抹不自然的微笑。他像是出了汗，伸手在嘴上擦了擦，才说道："阿尔菲，你还没跟我说你今天在学校的事呢。你今天去踢球了吗？"

"我已经不踢球了，我跟你说过的。"

他摇了摇头，说："我只是觉得，你可能会改主意的。"

"但我没有，我也不会改。"

他像看怪胎似的看着我，仿佛实在想不明白我到底怎么回事。接着他摇了摇头转身继续做饭。

"晚餐半小时后好。"他轻轻地说。

我顺着他的话离开了厨房。


我房间里仍然堆着和足球有关的奖杯、奖牌和照片，满房间都是。我知道这些会让你觉得我曾经是个优秀的球员，而我或许也能把这些当成一种认可。我从六岁开始踢足球，一开始只是和同学踢着玩的，后来却成了我们郡最好的中场球员之一。

但我现在不是了。我没法儿再面对足球，也永远找不回以前那种感觉了。而且似乎就没有人知道我为什么会这样。

我的书桌上放着我最大的奖杯——年度最佳球员奖。这座亮晶晶的超大奖杯是去年六月颁给我的。

原来才过去一年。

我还记得那场颁奖晚会。那时我刚满十二岁，我不想去领奖。我告诉所有人我不想去，可他们非要我去，他们说那个奖很重要。还有人——我不记得是不是爸爸了——说那个奖可能会让我高兴点儿。

高兴？像那样的东西怎么可能让我高兴。他们根本什么都不知道，没有一个人知道我想要什么。

那晚爸爸当然也去了，我觉得他是不得不去。虽然他说是他自己想去的，但我记得我们开车去俱乐部的那一路，他都沉默不语。我甚至一直都坐在后排座位上——因为副驾驶的位置该是妈妈坐的，我接受不了自己坐在那里。我盯着那个空椅背看了一路。爸爸一如既往地不爱说话，他甚至连收音机都没开，但车里充斥着我们没说出口的话，那些话沉默地弥漫在我们之间，却让我觉得震耳欲聋。

她不在这里。

她已经走了。

一切都不同了。

以后永远都会是这样。

只剩我们了。

库克布里奇队的所有球员都到了俱乐部，里斯、查理、和我一个学校的科尔……科尔看我的眼神像个陌生人，不知道是不是因为我也有同样的感觉。而就是从那时起，所有人都开始对我区别对待。我和他们坐在一起、在同一张桌子上，听他们谈天说地，可他们对我除了偶尔闪过同情的笑容外，几乎连看都不敢看我，仿佛我有多可怜似的。他们又像是在害怕我，好像我有什么不能说的病，他们生怕被我传染。我记得自己当时抓住桌子边沿，盯着用力到发白的指尖，心里不住地祈求这一切快点儿结束。

没事的，伙计们。我不会在你们面前哭的。

我会假装坚强的，好吗？

我会装作一切照旧的样子。

我已经能掩饰得越来越好了，你们看看……

教练罗伯叫到我名字的时候，我差点儿没听见。现场响起了一片掌声和口哨声，可我却动弹不得，像是被粘在了椅子上。我回头看着爸爸，他正和其他家长坐在一起。他对我笑了笑，但那副笑容像是硬挤出来的。他旁边的位置上坐着一个顶着爆炸头的家伙。为什么他要坐在那里，那该是妈妈的位置。她从前很喜欢参加这种活动，她会为我取得的成绩感到骄傲，也知道该怎么鼓励我继续努力。而现在……现在是什么样的？在为我欢呼的，只有强打起精神的爸爸和一群笑容僵硬、虚伪的陌生人。

我起不来，我动不了。

科尔急得朝我直瞪眼。"他们都在等你。"他低声催我。科尔不想我们球队丢脸，我能感觉到他对我的恼火。于是我一步一晃地走了上去——颁奖台前的距离从没这么长过。所有人的目光都集中在我身上。我被盯得胃里翻江倒海，难过得想吐。快走到台前时，罗伯挽住了我的手臂。他人很好，他知道我现在是什么情况。罗伯低头看着我难过地笑了笑。

"你还好吗，孩子？"

我点了点头。

他在我肩膀上捏了一下，然后回到台上。"我很高兴今天能为阿尔菲·特纳颁这个奖。他不仅是我这些年来见过的最有天赋的中场球员之一，更是一个有真正专业精神的球员。我知道曾经有过一些……嗯，所谓的大俱乐部，都向他抛出过橄榄枝，这个年轻人的未来可以说是一片光明……"

未来一片光明……

这些话在我脑海中嗡嗡作响。光明？还怎么可能光明？我没怎么注意递进手里的奖杯，而是又在人群里搜寻起来。

　　我在观众里找我的妈妈，我需要她在场，我想让她看到这个。

　　她怎么能不在场呢？

　　这完全不对。

　　台下的人想让我说些什么，他们想听我说谢谢或一些精心准备的感言，可我张开嘴却什么都说不出来。我脸上什么表情都没有，除了不停地在人群里寻找她的脸以外，就只剩下眼泪。是的，没错，眼泪，喷涌而出的眼泪。

　　我站在台上，当着全郡足球队员和他们父母的面，像个婴儿一样呜呜地哭着寻找再也找不见的妈妈。

　　她已经去世整整三周了。

她让他紧挨着自己坐稳。在这个温暖的春天的早晨，他们俩一起挤在这个秋千的座椅上。这里是她最喜欢待的地方之一，既能遮阴又能看到树的全貌，从这里还能看到整个花园的样子。

她一开始没有说话，只是轻轻地晃着秋千，那种轻柔荡漾的感觉让他舒服得都快睡着了。

"阿尔菲，我的状况很不好。"她开口说道，"我这样已经有一段时间了。"

她的话像是被微风送入耳朵，接着又随风飘散，让他听不清楚。他抬起头，不解地看着她。不仅是状况不好，而且是很不好，那是什么意思？

"我的状况很不好。"她牵起他的手又说了一遍，"我很多年前长过一个小肿瘤，然后被医生手术切除了。但现在我又长了一个。"

"那是什么意思?"他还是不懂。

她像是思考了一下,才对他回道:"我得了癌症,阿尔菲。这次的癌细胞破坏性更强,所以也更难清除。医生要想去掉这次的肿瘤,唯一的办法就是给我开一些药,然后用放射疗法杀死那些癌细胞。"

他点了点头,原来是这样。"你觉得难受就是因为那个吗?"

"是的,而且大多数时候我还会觉得很累,因为我的身体需要花精力去修复。那是个相当艰难的工程,会让我筋疲力尽。"

"就像我踢了很久球后那么累吗?"

她哈哈笑着说:"对,没错,就跟你那个时候一样,也有一点儿像妈妈现在的感觉。"

"爸爸说你到时候会睡很久。"

她点了点头,眼睛有些奇怪,看上去大而无神。"而且我也不能去看你踢球了,阿尔菲。起码目前不行,我需要休息。我不能在室外待太久,以免感染别的病毒,你明白吗?"

"像是感冒病毒那种?"

"是的。我做下一个疗程的时候会住院,因为我的身体会非常虚弱。在我身体有起色之前,你和爸爸在家要相互照顾，可以吗？"

　　他不喜欢她说这话时的感觉。"那你会好起来，对吗？妈妈。"

　　她还在慢慢荡着秋千。

　　一前一后。

　　一前一后。

　　他不喜欢这种沉默，这让他感到害怕。

　　"我不想对你说谎，阿尔菲。这是个很严重的病，但医生们会尽全力治疗它，而我也很乐观地觉得它会被治好的。"

　　他紧紧依偎着她，虽然她看上去很瘦小，却让他很有安全感。"我不想让你生病。"

　　"我也不想，阿尔菲。但愿我可以尽快好起来。"

　　就是从那天开始，他知道一切都要变了。

　　那时他九岁。

# 第五章

　　我今天没像之前那么早出门，主要是因为失眠带来的后遗症，让我从床上爬起来变得更困难了。不过我还是想方设法在七点起床了，依旧算早的。

　　我不想一个人待在家里。

　　我还是不习惯没有她的日子。除了去治疗的时候，家里以前一直都有她在，哪怕她只是躺在床上什么都不干，可只要她还在、只要知道那一点，对我来说就足够了。只要这样，在家里就还听得到她喜欢的音乐，看得到她随手放的书，感觉得到她的一部分在陪着我。可是现在，这个家里就只剩我们——我和爸爸；或者说大部分时候，就只有我和我脑海中那些挥之不去的回忆。爸爸把所有和她有关的东西都打包送走了，一点儿不剩。他怕我们看到她的东西会睹物思人，所以现在家里一点儿和她有关的东西都没有了，无论是她的书，还是她的衣服……

什么都没了。

我还记得他做这事的那天——把所有东西都打包的那天。房间里到处都是纸箱，巨大的垃圾袋堆得满屋都是，仿佛他把她的东西当成了什么避之不及的垃圾，迫不及待地要扔掉。

"她说过要把衣服捐给慈善二手店的。"他边说边把更多的东西往垃圾袋里塞，看都没看我一眼。

"就要现在吗？"

我站在那里，看着他的动作无法动弹。她才刚刚去世，他就迫不及待地做这些了。

"我需要这么做。"他回道。

我无法理解，他似乎是想尽快忘记和她有关的回忆。他难道以为我会注意不到他们的结婚照也从客厅消失了吗？他是怎么处置那幅照片的？是和她的旧 T 恤一起塞进给二手店的垃圾袋里，还是直接把它扔进垃圾桶了？

"那也太早了，这些都是她的东西。"我争取着说。

“只是些衣服而已，我们也用不上。”

只是些衣服而已。我还记得他那时的声音有多么冷酷。

我眼睁睁看着他又往袋子里塞了一条裙子。那条蓝白相间的漂亮裙子是妈妈最喜欢的裙子之一，现在它被揉成了皱巴巴的一团。

“小心点儿，别把它弄破了。”我脱口而出。

他没理我，而是把袋子往床上一扔，然后挥起他巨大却无用的手臂开始收捡起更多她的东西。

“你根本不在乎她，是不是？”我朝他吼道。

他一声不吭，手里的动作不但丝毫没停，反而还更快地把她的更多东西塞进袋子里。他的样子太残忍了。

我讨厌他。

“你早就想这样了吧？”

他转过身，两眼冒火地瞪着我，吼道：“你说什么？我早就想哪样？”

我毫不畏惧地上前，一字一句地对着他说：“你早就想她死了，但她拖了这么久让你很难过吧。”

他那时手里抓着袋子，整个人像是突然被定格，接着他松开手，任由袋子滑落在自己脚边，里面的东西散落一地。他狠狠地看着我，两眼猩红。他的嘴巴嗫动着，但什么声音都没发出来。我知道他一定想说些什么，于是我后退了一步，等着他开口回击。我巴不得他骂出来。

可结果他只是摇了摇头，然后掠过我走出房间。

第二天，妈妈所有的东西都消失了，什么都没留下。

在那之后，爸爸有一周都没和我说过话。

我飞快地冲了个澡，然后迅速穿好衣服。他们之前常因为我泡在浴室里弄头发、摆造型笑话我，现在看来那些确实毫无意义。我用手扒了两下，把头发捋平然后就直接刷牙，几乎看都没往镜子里看一眼。

我没有吃早餐，那些回忆让我如鲠在喉，吃不下去。我走在路上的时候忍不住想，不知道今天会不会又碰到她——爱丽丝。我也很奇怪自己怎么突然对她在意起来。不过她确实很特别，无论是乱糟糟的头发还是那副我行我素的样子，都和学校里其他女生大相径庭。我觉得她身上似乎有什么东西引起了我的好奇。当我快走到球场时，长凳那里显然还没有她的身影，至少那时还没有，于是我像往常一样穿过草地，走到了大海前。这里还是这么安静。海面上浮着几只海鸥，海滩的另一边有只渡鸦正在树上啄一块凸起的树皮，我静静地看了它一会儿。渡鸦是一种长得非常酷的鸟。自从我

小时候见过一次后，每次偶尔再见，我都会告诉自己，是那只渡鸦又回来了。它就像是这片海滩的守护者之类的。

我这次没待多长时间。这里太冷了，冷空气无孔不入地从外套钻进我的骨缝里。我的脑子都冻木了，根本没心思想别的。

我慢慢站直了身体。

"你准备走了？"

爱丽丝靠在我旁边的栏杆上，她的双臂紧紧地环抱着身体，海风吹得她的头发到处乱飘，看着比上次更乱了。不过这次她至少穿了外套，虽然只是件相当薄的牛仔外套。她光着腿——应该特别冷吧。她仍旧背着那个巨大无比的书包。

我耸了耸肩，说："我今天没心情。"

"你是想早点儿去学校？"

我瞄了一眼手表，差一刻钟八点。

"我绕远路过去。"我回道。

"我能和你一起走吗？"她接着问。

她的话让我考虑了一分钟。我经常绕远路走，就是为了避开科尔和其他人，那些我以前一起结伴上学的人。可现在让我说什么好？"不行，走开。我更想一个人待着。"但我不想再在她面前失礼。

于是我只能耸了耸肩。

"你还真挺不爱说话的，是吧？"我们开始往路上走的时候她说道。

"还好。"

她哼了一声："跟块木头人似的。"

"谢谢。"我看着她，实在不知道该接什么话。不过她倒是咧着嘴笑开了，长长的头发扫到她脸上，她不停地顶着风把头发往后拨。

"所以，我们会沿着这条远路绕到哪里？"

"我们要再穿过球场，绕过那个公园，然后从那片住宅区里穿过去，大概会多走二十分钟。"

"好的，哎，我认得那个公园。那里好像就是我现在住的地方。"

"你住在公园里？"我的语气显然很疑惑。

"哦，是呀！我的睡袋就在那个滑梯底下呢！"她用手肘碰了碰我，"你还真敢这么想？我们住的房子在公园附近，在伯恩路上。"

那条路环境很好，是仿着某条有名的富人街建的，那里的房子都特别漂亮。

"噢，那个地方很贵的。"我脱口而出。

"你只是想说这些吗？"她的笑容更灿烂了，"你听起来很意外的样子。"

"不是，我只是……"我结结巴巴地说，"我没想到……"

"你没想到我这副打扮的人竟然住在富人街。"

"我不是这个意思！"

"那你是觉得我看起来很穷还是……"

她停下来，双手叉腰地站在那儿盯着我。我看着她单薄的外套，又看看她瘦得有些凹陷的脸和一头乱糟糟的头发，我确实是那么想的吧？

我摇了摇头："我什么也没觉得。"

"呵，你什么都不知道。"她回道。

我们沉默着继续往前走。

可现在我只希望她能再说些什么。

那天早晨，他走进她房间看她梳头发。她的头发曾经又厚又长，还带着自然卷。她以前梳头的时候常常抱怨——头发容易打结、头发太多随便扎扎都要费很长时间。可现在她沉默了，她用手慢慢地从发丝中捋过。

当她的手指离开头发时，他看到几缕长长的金色鬈发缠绕在上面，仿佛一团金色的丝线。

"又掉了。"她轻声说，"都要掉光了。"

"妈妈……"

他不知道该说什么好。她看起来很难过，特别难过。他不想看到她这个样子。

"我就像一棵正在掉叶子准备过冬的树。"她眼睛盯着镜子说道，"树马上就会变得光秃秃的了，我又还能剩下什么呢？"

"你要没有头发了吗？"

　　她这时才看向他，像是才发现他在房间里。一抹淡淡的笑容爬上她的脸庞："没关系的，阿尔菲，头发还会长回来的。不过是头发而已，我还有比这更重要的东西。"

　　可那是她的头发，美丽的、属于她的头发。她在一点点地变化。

　　一点点地被击垮……

　　"我不想你掉头发。"

　　"我也不想，可我只能这样。"

　　他想了一会儿，告诉她："有很多足球运动员都剃光头。他们看起来很酷。"

　　她微笑着问："确实如此。那你觉得如果我剃光头的话，也会很酷吗？"

　　他笑着点了点头。

　　"或许我可以买顶假发，在出门的时候戴。"她依旧看着镜子，近乎自言自语地说，"我要买顶特别好看的，你来帮我选。"

　　"真的吗？"

　　她脸上绽放出笑容："当然，这肯定会很有意思的。"

　　那天晚些时候，他冲到爸爸面前。

　　"你帮我把头发剃光吧。"

爸爸低着头，不解地看着他。

"为什么？"

"我不想让妈妈一个人没有头发，我想变得和她一样。"

爸爸愣了一秒，回道："我知道了。"

他们一起走进厨房，他在高脚椅上坐好的同时，爸爸在地上铺好了用来接头发的报纸。头皮上传来的振动带给他一股奇妙的抚慰，连嗡嗡的噪声都变得悦耳起来。他看着自己又短又硬的头发软软落在地上，铺成一小片一小片金灿灿的亮片。

这时爸爸停了下来。"剃好了！"他用手摸了摸他的脑袋说道，"还挺好看的。"

"真的吗？"

"真的。"

接着，阿尔菲看到爸爸转过身，对着厨房窗台上的小镜子把推子放在了自己浓密的头发上。

"我们可以都一样。"爸爸边说边把推子滑过脑袋，"我们可以一起剃光头。"

## 第六章

本在辅导室外截住了我。"你今天早上去哪儿了？我一早就准备好了，就等着你来叫我。"

我抬头看着他，惊讶得差点儿没站稳。"没搞错吧，本，你这发型是怎么混过检查的？"

今天他头发的颜色更鲜艳了，染发的面积在扩大。不但如此，他还穿了一件有些夸张的衣服。

本咧嘴一笑："我都跟你说了，玛龙老师现在忙着自己的事，几乎看都不看我们。"

"就算这样，那其他老师呢，他们都不制止你吗？"我难以置信地摇了摇头，然后和他一起往教室走。

"这说明我太帅了——他们只看到了我的帅，忽略了其他的。"

"我保证你这个样子就是给自己找事。"

"也许吧。"本把他的书包换到另一侧肩上不在意地说，"不然每天也过得怪无聊的。不说这个了，你今天早上到哪里去了？"

我皱着眉对他说："我走另一条路来的。但是这可不怪我，你平时从来都不准时。"

"那好吧，其实我对那个和你一起来的女孩更感兴趣。"

我顿时紧张得手脚都不知往哪儿放好。但愿我的脸没有唰地变得通红。我故作镇定地说："你从什么时候开始监视我了。"

他哼了声："谁监视你了，我只是碰巧早到了学校，然后看到了你们俩。说实话，我还挺惊讶的……"

我知道他在套我的话，但他确实触到了我心里的某个点。"你什么意思？"

"就是……她看起来不太像你平时喜欢的类型。"

我喜欢的类型？我喜欢什么类型？没人知道我"喜欢的类型"。

就连我自己都不知道……

　　"够了！"我恼火地说，"我只是和她一起上学，没别的。我挺可怜她的，她初来乍到，谁也不认识。"

　　"哦！那你还真是乐于助人……"

　　"是啊，不行吗？"

　　本停下来，举起手，做出一副投降的样子："行，特别好！我为你高兴呢，你别这么激动，乐于助人挺好的。"

　　"你知道就好……行了，别总说她了。"我小声嘀咕，"不是你想的那样。我不喜欢她，连朋友都谈不上。她其实挺烦人的。"

　　本点点头："是是是！"

　　我瞪了他一眼，突然觉得奇怪："等一下，你怎么这么早就到学校了？平时给钱你都不愿起床的。"

　　本不好意思地笑了笑："啊，我没跟你说过吗？我加入了戏剧社，要协助设计下一场考试剧目的舞台布景，所以我就想早点儿过来帮忙。"

　　我奇怪地看着他："还有呢……"

　　"还有就是……舞台布景的负责人是贝蒂·柯林斯。"


　　我今天在学校，总体来说过得还算安稳，没那么难熬，至少只要一想到本最近这次的"喜欢"，我心情就挺好的。

喜欢对本来说不是什么新鲜事。上个学期他喜欢上了十一年级的奥利维亚·格雷厄姆，他们的友情总共持续了六周时间。直到他发现她支持猎狐活动，然后他突然之间就觉得没那么喜欢她了。我想，我其实还挺喜欢本这种浮夸又戏剧性的做派。而且他对我的态度始终没变，从来没有怪里怪气过。这对我来说很重要。

我和本上小学的时候就认识了。最开始的那两年里我们是特别好的朋友，不是一起在操场上疯玩，就是用些稀奇古怪的点子一起调皮捣蛋。他总能逗得我哈哈大笑，也会让我们因此惹上麻烦。但是妈妈很喜欢他，说他是个"明日之星"，总有一天会登上舞台。

本也很喜欢妈妈，他总是特别有礼貌地称呼她弗兰克斯女士，但凡她表扬他几句，他都激动得满脸通红。本曾经跟我说过，说我很幸运能有像她那样的妈妈，和她相处没有那么多规矩要讲，总让人感觉很轻松惬意。我觉得本和他妈妈的相处就不是这样的，他们以前好像经常吵架。事实上，他们现在还这样。

当我喜欢上足球后，就和本变得疏远起来，因为他不喜欢运动。他总是说自己的大脑结构与众不同，以至于无论是抛球、接球还是跑步，他都做得东倒西歪。每次体育课他都

会找各种借口不去，然后待在图书馆里。可是我喜欢足球，而且还踢得很好。我三年级的时候进了镇上最好的球队，等到四年级的时候，我最好的朋友变成了科尔·斯蒂芬斯。他是个优秀的前锋，喜欢夸夸其谈。

本那时也开始和其他孩子打成一片，那些人我都不太认识。那时我以为我们的友谊也就止步于此了。

但这样的状况，在妈妈去世后一个月发生了改变。当时我独自坐在学校的餐厅里——我是特意一个人坐的。我本来可以和科尔还有其他人坐在一起，但我不想那样。我没心情去听他们谈天说地，去装作若无其事的样子跟着他们一起嘻嘻哈哈。科尔也不想听我谈起妈妈，他们谁都不想。我过去只会让他们感觉不自在。

但就在这时，本突然出现在我旁边。

"你好啊，阿尔菲。"

我记得自己抬起头，看到他那张一如既往友好的脸时，心里像是有什么在翻涌。我想那就是安慰吧。

"你妈妈的事太让人难过了。你一定很想她吧。"

"是的。"

他像是没注意到我眼里噙满泪水的蠢样，也不介意我抽着鼻子不让鼻涕流出来。他只是告诉我："没事的，我会陪着你，阿尔菲。"然后就坐在了我旁边。

今天最后一节课是体育课，这让我有点儿心慌。多讽刺啊，我曾经最擅长的科目成了我最差的科目。更可悲的是，我以前所谓的队友和最好的朋友，成了我最最害怕待在一起的人。

我走进更衣室的时候，科尔已经在里面了，他被一群人围在中间，像往常一样在那儿高谈阔论。我进去时他正好转身看到我。"阿尔菲！你刚错过了我的最新消息。"

我盯着他，努力让自己做出无动于衷的样子。我知道他要说的无非就是些自吹自擂的事情，他总喜欢成为关注的焦点。

"怎么了？"我问道。

"有球探联系我了。"他笑得合不拢嘴，"就在上周比赛的时候。他打算推荐我去参加一个选拔赛，他觉得我应该能达到专业俱乐部的水准。"

"是吗？"我点点头，把书包扔在长凳上，"那可真是个好消息。"

这时，罗杰斯老师走了进来，他像往常一样砰地把身后的门摔上。"小伙子们，小伙子们！你们都站在这里干什么？赶紧准备好上课了。"

　　这时，莱利——科尔最忠实的马屁精之一，大声喊了起来。

　　"科尔正在和我们分享他的好消息。有球探看中他了，他可能很快就能去职业俱乐部踢比赛了。"

　　"真的吗？"罗杰斯老师挑了挑眉，然后我看到他飞快地瞄了我一眼，"那太好了，科尔，加油。但是千万不要得意忘形，毕竟你现在还不是梅西，还是得先踏踏实实把体育课上好。"

　　科尔笑嘻嘻地应了声。我感觉他又看了我一眼，但我正忙着换衣服，这时所有人都开始慢慢往外走了。

　　不过罗杰斯老师还站在更衣室里没走。

　　"你最近参加过什么选拔赛吗，阿尔菲？"他问我。

　　"没有。"我坚决地说，"我现在不踢球了。"

　　"我明白，孩子。你还需要些时间。"他叹了口气，"不过如果你什么时候改主意了，我还认识一些人。你那么有天赋，浪费就太可惜了。"

　　我套好自己的运动服，说："我只是不感兴趣了。"

　　"那可有意思了。"罗杰斯老师边往外走边说，"我发誓，刚才科尔在说自己好消息的时候，你羡慕得脸色都变了……"

　　我张开嘴想要反驳，但他已经走出去了。

他回来的时候浑身是泥，几乎整场比赛都在倒地铲球。他踢得太精彩了！爸爸在场下拍着他的背，自豪得喜笑颜开。

"你把他们那么多人都晃过去了，阿尔菲。你太厉害了。"

他们一起走路回家，他身上的泥巴干了后裹在皮肤上，硬邦邦的，像是给身体套了层壳子，让他动都没法儿动，不过他一点儿也不在意。太阳出来了，温暖的阳光洒在他的皮肤上，他觉得自己仿佛一下长高了十英寸。

他们从侧门进的家，以免把泥巴带得房间里到处都是。他很意外地看到她不仅出了房门，还正在花园边松软的土地上挖坑。他向她跑去。

"我们六比二赢了。我上演了帽子戏法，还助攻了两个进球！"她把他抱进怀里，丝毫不在意他身上有多脏。他紧紧地搂着她的背，她看起来依旧很瘦小，但搂着他的手臂充满了力量。她松开他的时候，脸上还挂着笑容。她今天的气色看起

来好些了，不过他注意到她脸上化了点儿妆。她金色的头发开始重新生长，已经冒出了小卷儿。他本来想让她去现场看他比赛的，但最后还是选择让她留在了家里。而她现在在笑，是发自内心的笑。

"我太为你骄傲了——你就是个超级巨星。"她高兴地说。

爸爸走过来说："他的教练说他每天都在进步。"

她笑着说："很多人都这么说。"

他们一起看向她正在挖的那块地方，深色的泥土里撒了一些金色的种子。

"这些是向日葵。"她说，"我打算种在篱笆旁边，这样它们就能有充足的光照，可以长得很高。"

他兴奋地说："我喜欢向日葵。"

妈妈捏了捏他的手："我也是。我们可以一起观察它们生长。随着我身体越来越好，它们也会越长越高。"

他低头看着那片棕色的泥土，看着一个个她挖好的小坑，一股沉重的感觉突然压上心头，让他不得不赶紧转移视线，以免那种感觉继续发酵变质，变得让他难过。

因为他突然想到，要是这些向日葵长不出来怎么办？要是它们永远长不高呢？

要是她永远都好不了呢？

# 第七章

　　我发现自己不知不觉走回了海边，潮湿的海风拍乱了我的头发，冰冷的泪水刺痛了我的脸。要是大海的咆哮声能再大点儿，我真想对着它放声大喊。这一切都太不公平了，一切。我感觉自己就像是那些海浪，汹涌、失控，盛满了愤怒。

　　我怎么可能再踢球？怎么可能再变得跟从前一样？

　　为什么这些要发生在我身上？

　　她不应该死的，这根本不对，没一件事是对的……

　　我紧紧抓着栏杆，整个人止不住地颤抖，我用力眨眨眼睛把眼泪逼回去。我不能让自己崩溃，不能在这里，绝对不能。

我必须平静下来。

我之前回过家，但是爸爸又不在，而我没法儿面对那个空荡荡的家。他给我留了些钱——十英镑，足够我去买一份比萨或者吃点儿别的快餐，反正只要能让他不用管我，随便我怎么样都行。

我掏出那张十英镑的钞票捏在手里，有种想要把它撕碎扔进风里的冲动。毕竟我怎么样他都不会在乎，不是吗？他对我每天的生活几乎一无所知。

"你在干什么？"

我唰地转过身，被打扰的恼怒和意外让我火冒三丈。

"你是不是在跟踪我？"我气冲冲地说。

爱丽丝抬起双手挡在身前。"冷静点儿！我没有！我之前就跟你说了，我没跟踪你，我只是恰好住在那边，记得吗？"她叹了口气，"我是出来买薯片的，然后就看到你站在这儿，像是打算要扔钱的样子。"

我把钱塞回口袋里，没好气地说："我没有。"

"如果你不想要了……"她目光灼灼地看着我。

"我当然要。我只是闲着没事拿出来看看。"

"好吧。我要去买薯片，你要一起去吗？"她笑嘻嘻地说，"我只要一吃薯片心情就会变好。"

我真心不想去，而且也打算这么说，但这时我想起了那个空荡荡的家，想起了爸爸敷衍的留言。我还没做好回去面对这些的准备。既然如此，我还有什么可干的呢？

　　于是我耸了耸肩，说："走吧。"


　　爱丽丝往嘴里塞了块薯片，然后舔了舔咸咸的手指。

　　"我还有很多好主意可以帮你用掉那十英镑。"她故意对我说道，想激我反驳她，让我开口去问她。但我什么都没说，只是默默吃着手里剩下的一点儿薯片。没闻到那股咸酸的味道前，我都不知道自己原来那么饿。我们边吃边从海边往商业街的方向走，远离那些总想来偷吃我们薯片的海鸥。

　　"你难道不好奇吗？"她边说边把那包薯片往嘴里倒，连里面最后一点儿薯片渣都吃得一干二净。

　　"我现在没有十英镑了，不是吗？"我一边把吃完的包装袋塞进旁边的垃圾桶一边嘀咕着，"你刚让我给你买薯片了。"

　　"我让你？"她瞪着眼睛说，"是啊，没错，都是我让你走到售货车那里然后命令你买的。"

　　"我本来没想去的，都是因为你说要吃。而且不管怎么说，幸好我买了，不然你还在挨饿呢。"

她耸了耸肩说："我忘带钱包了，碰巧而已。到时候我把钱还你就是了，有什么大不了的。"

"不用了，没什么大不了的。我只是想说我现在没有十英镑了而已。"

爱丽丝用手肘碰了碰我，然后指着不远处说："你看到街角那家店——就是那家报刊亭了吗？那里可以买到巧克力棒，或许你可以去那儿，试着问下老板可不可以有超低价。"

我盯着她说："什么，你让我去'乞讨'吗？"她不是认真的吧？

"也不算'乞讨'。"她咯咯笑着说，"就是几个巧克力棒而已，再说又不是一分钱也不付，我们只是低价买，老板或许会同意的。"

我停下脚步望向路边那个破破烂烂的报刊亭。我之前当然也去过那儿，买过一些口香糖之类的东西。那里的老板一天到晚就知道守在收银台边看电视。这家店的名声不好，我听同年级的人说过，老板的服务态度很差。我会成功吗？我很少在那里买零食吃，因为我必须非常谨慎地对待摄入身体的东西——这关乎着我在球场上的表现。与此同时我也得保持自律，让自己远离麻烦。总之，我以前不会去做这类事情，这会让我觉得很没面子。

但我已经不是从前的我了。

"为什么要让我去？"我最终说道，"明明是你提出来的。"

"因为你比我大。总之，这是我给你的挑战。"爱丽丝回道，"我去那边的长凳等你。"她随手朝演出台边的长凳指了指，"加油，快去快回。我真的很想吃点儿甜的。"

所以……她是真的想让我去"乞讨"？不过我还有什么可顾忌的？

我慢悠悠地朝报刊亭走去，尽量表现出神态自若的样子。这没什么大不了的，不就是讨价还价，然后就走吗？当我推开店铺沉重的木门时，我努力让自己保持镇定。我告诉自己，没人会怀疑我有什么预谋，我只需要表现得冷静些就行。

这没什么大不了的。

糖果和巧克力都摆在后面的货架上，于是我沿着过道走进去，避开了前排货架的一个小个子老太太，她正在那儿往购物篮里装东西。我要表现得自信些才行。我飞快地抓了一把巧克力棒，感觉它们沉甸甸的。我紧紧握着它们，内心紧张，不过我努力让自己忽视这种感觉，尽量让自己表现得自然。

你可以的，阿尔菲，这很容易。

我走近店老板的时候，他的眼睛还黏在电视屏幕上。这个老板是个满脸倦容的中年男人，我都快走到收银台了，他却连头都没抬一下。我站在收银台前慌乱地措辞，我也不知道我说明白了没有。

或许看出了我的为难，他看了下我手里的巧克力棒，随意地点了点头，然后把巧克力棒放在收银机前扫了一下，连话都懒得说。他甚至连看都没好好看过我。如果他看了，我或许会放弃这个"乞讨式"购买巧克力棒的主意。

我把钱放在收银台上，说了声谢谢后就快步往外走。我心跳得怦怦响，推开店门的那一刻，我感觉自己紧张得都快吐了。他肯定看出了我的为难吧？

当我踏出门重新呼吸到冰冷的空气时，我知道自己成功了。我心跳快得难以置信，整个人紧张到手脚冰冷。

爱丽丝正等在街边不远处的地方，脸上带着一丝傻笑。

"你刚才，成功了吧？"

我把巧克力棒一股脑儿塞进她手里。"你赶紧拿走。"我气急败坏地说，"我再也不干这种事了。"

"冷静点儿。"她咯咯笑着说，"你不觉得很好玩儿吗？"

真奇怪，我可一点儿也不这么觉得。

我们走回海边坐在海滩上。天气依旧那么冷，不过我却不在乎了。爱丽丝吃光了所有的巧克力棒。

"你的食量简直让我难以置信。"我看着她说，"你真的有那么饿吗，还是有什么别的原因？"

"有啊，我觉得，是因为我之前在家的时候没机会吃太多东西吧。"

我舒展身体躺在海滩上，很喜欢那些小石子在我身下移动的感觉。

"你真该看看自己从那里出来时的样子，就跟见了鬼似的。"她揶揄地用手肘撞了撞我。

"我当时人都快瘫了，太紧张了。"

"你也太搞笑了！"她抬头笑着对我说，"你是有社交恐惧症吗？"

"我只是有点儿担心而已。"我皱着眉说，"我没干过这种事。"

天色变得越来越暗，不过我毫不在意。我闭上眼睛，用呼吸感受着又咸又冷的空气。

"你的手机又在振了。"爱丽丝说着冲我的手机点了点下巴。我扫了一眼手机屏幕，整个人不由得缩了一下。

"不是什么重要的人，不用管他。"

　　我想象着爸爸在家猜我去哪儿了的样子，也很意外他竟然还能注意到我不在。想到这儿，我不由得笑出了声，或许他真的想起来自己还有个儿子了。

　　"我就说这是个好主意吧。"爱丽丝不明就里地说。

　　我点了点头："是的，确实挺好。"

　　我终于放松了，整个人也变得镇定起来。

　　我不想去考虑太多。

　　偶尔这样做一次感觉好极了。

比赛开始前，爸爸握住了他的手。

"你要把握住机会，这是你向他们展示你天赋的好机会。只要今天表现得好，你就能被选进球队了。"

他点点头，感觉有点儿不舒服的同时也很兴奋。他看到科尔和队里的其他人一起，正在球场的另一端做热身运动。拜科尔总在学校吹牛所赐，他已经知道了他踢得很好。

爸爸用手肘轻轻碰了碰他："去吧，他们都在等你。"

他慢慢跑过去，心里胀得满满的，热血沸腾。这场比赛至关重要。库克布里奇联队是全郡最好的球队，现在就是他向他们展示自己也可以是其中一员的好机会。他的脑海里不停地响起以前教练说的话："那是你该去的地方，孩子。你有这个能力。"

其他男孩在他靠近的时候纷纷抬头看过来。他们看上去年纪比他大，不过他知道他们也都还未满八岁。他们中有两三

个人对他笑了笑，不过也有一两个人皱起了眉头。科尔毫无表示地看着他，表现得很淡定。

"你要上场？"

"是的，你们的教练说我可以来试试。"

罗伯晃悠悠地走过来，他块头很大，顶着一头乱糟糟黑色鬈发的脑袋硕大无比。罗伯笑容满面地低头看着他。

"阿尔菲？你来啦！太好了，我很期待看到你的表现，让我们看看你的天赋到底有多好。"

"说不定也没多好。"科尔不屑地说着，脸上却带着笑容。

刚开始他们做了一些基本的热身动作和传球练习，他对这些习以为常。他虽然一直低着头，却很清楚其他孩子都在盯着自己。毕竟对于他们来说，他是一个潜在的竞争对手，一个可能会威胁到他们位置的人。

罗伯吹响哨子，告诉他们要准备开始比赛了。

"我听说你是中场球员，那踢左前卫怎么样？"

他点了点头。

科尔还在盯着他。作为另一方的前锋，他理所当然地盯着他，虎视眈眈，满脸警惕。

随后，哨声再次响起。

他沿着边路朝着对方后场跑去，突破得非常快，但是没有一个人传球给他。他明明是空防。他喊着要球，可是他还不知道其他人的名字，根本不知道该叫谁。他们把球传来传去，就是不传到他这里。

科尔从他旁边跑过："噢，别着急。你可能还没那个能力。"

他甩开科尔从边路跑回自己的半场。现在是对方控球，他冲进对方的防守，用一记完美的铲断把球抢了过来。

他护着球转过身，现在球是他的了。

他带球跑了起来，速度飞快。

对方球员追了过来，一个在他后方笨拙地想要铲球，另一个用肩膀在他侧面冲撞，不过都被他轻松越过。对方的后卫从禁区跑上来想要把球铲断，不过他没能如愿。阿尔菲看出了他的意图，脚下随即把球往内侧一切，让他在场上扑了个空。他整个人蓄势待发，带球绕过禁区外的守门员，然后奋力飞起一脚——踢得又重又稳。

爸爸的欢呼声从球场的另一边传到他耳朵里。球进了！

他的一个队友走过来拍了拍他的背："太棒了，你。"

他笑了笑回道："谢谢。"

这时他转过身，发现科尔正站在他身后瞪着他。这次他脸上笑容尽失。

# 第八章

　　我醒来的时候感觉全身筋疲力尽，昨天又没睡好，做了一夜梦。我颤颤悠悠地把眼皮撑开一条缝，脑袋里还残留着梦里零星的场景。毫无疑问，梦里都是妈妈，我总是会梦到和她有关的事。我下意识地伸手去够床头柜上的水杯，我习惯在那儿放一杯水。不过这次我伸手摸了个空。

　　"你昨晚把它打翻了。"

　　这个声音吓了我一跳。爸爸？他这么早到我房间来干什么？

　　我彻底睁开了眼睛，这费了我不少力气。我的脑后传来一阵隐隐的钝痛，只要没睡好，我醒来的时候就会像这样头疼。我真想翻个身重新拉起被子把脑袋蒙上。

爸爸看起来不太高兴地说："你昨天晚上干什么去了？"

"啊？"我感觉舌头又涩又干，我想要喝水。

"你昨天晚上干什么去了？"他俯身靠近我又慢慢说了一遍，脸上的表情很严肃，看起来让人特别不安。

"我和一个朋友出去了。"

"你在外面待到晚上十点，回到家连一句话都不说。"

"我只是在外面待了一会儿而已，什么都没干。"

我想起了"乞讨式"购买巧克力棒的事，心里开始翻江倒海。天哪，要是爸爸知道了该怎么办？他一定会认为我这样做是不妥当的。

"你现在都开始撒谎了。"他目光犀利地看着我，仿佛一眼就看穿了我在想什么。

"我没撒谎。"我喃喃着，觉得无地自容。

"这样不好，阿尔菲。你不能那么晚才回家，而且连去哪儿都不跟我说，让我很担心你。"

"那我昨晚回来的时候，你为什么什么都不说？"

不但如此，为什么我进门的时候你还对我没好气地哼了一声，然后像是不想看到我一样跺着脚回了自己房间。那又算怎么回事？

"我那时很生气，阿尔菲。我怕在气头上说错话。"他冷静地回道。

我从床上坐起来和他面对着面："爸爸，就只有这一晚而已。除了昨晚我回来晚了没提前告诉你之外，难道我还做过什么出格的事吗？我始终都照常上学，照常去做我该做的事情。你有必要为了这么点儿事情担心成这样吗？"

他听完叹了口气，但我看得出来，他已经被我说服了。毕竟他之前总是说我关着自己不爱出门，所以现在他也不好再说我什么。

"好吧。"他放软了语气，"去冲个澡吧，换好衣服我送你去学校，这样你就不会迟到了。"

"你没必要送我。"我对他说。

"不，有这个必要。"他生硬地回道。

那就是他告诉我他觉得有必要的方式。

显然，他还是不相信我。

我们在车上没怎么说话。爸爸像往常一样把收音机调到了音乐频道，里面的主持人废话连篇地吵得要命，我靠在椅背上听得不胜其烦。接着里面开始放一首歌，一首用吉他伴奏的老歌，而爸爸开始敲着方向盘打起节拍。

"这首歌你以前很喜欢听。"他对我说。

"不，我不喜欢。"我喃喃地回道。不过这首歌响起后确实听着有些耳熟。一段温暖的回忆慢慢涌上我心头：那时我还小，爸爸一边放这首歌一边和我在房间里疯疯癫癫地蹦来跳去，而妈妈在旁边看得哈哈大笑，说我们像两个傻瓜一样，让我们注意点儿形象。

我闭上眼睛不愿再想。

"你喜欢的，绿洲乐队的歌，你以前还会跟着唱。"爸爸继续说。

我觉得那些歌词现在就在我脑海里蠢蠢欲动，那些零碎的回忆就像是一块块嵌在我脑海里的微型芯片，甩都甩不掉。

"我不记得了。"我最后说道，然后听到了他的叹气声。

他打节拍的手也停了下来。

这首歌似乎突然之间变得特别响、特别长。我在座位上如坐针毡，被头疼折磨得两眼发红。

"你今天还能上学吗？"我们停在学校外的时候他问道。

我解开安全带，打开车门回道："没事的。"

"那你放学后直接回家吗？我今晚会早点儿回来。"

我扭头望着他，那句"那可真难得"的讽刺几乎要脱口而出，不过我在最后一刻把它硬吞了回去。他今天看起来不

太一样，一副欲言又止的样子，不知怎么的，看起来像是变矮了点儿。我是疯了吗？竟然对爸爸有这种念头，毕竟平时他可是出了名的人高马大。

"我不会晚回来的。"我最后说道。

"好的。"他摸着方向盘说，"我们都需要回到正轨，对吗？"

回到正轨？我目不转睛地盯着他，直到他勉强地扯了一下嘴角然后再次开口。

"阿尔菲，我想过了。等你晚点儿回家后，我们或许可以一起做点儿什么，比如一起看电视，看场球赛怎么样？"

我呆住了。这根本不像他的风格。他为什么突然要花时间和我待在一起？他怎么回事？心血来潮觉得内疚了？

他这样太奇怪、太陌生了。我心里像是有什么东西在拉扯。我不知道自己有没有做好准备去面对这样的情形。

毕竟他还是不愿和我说话，还是表现得仿佛一切都很好的样子。可整天装出这副样子有什么意义？我没法儿再继续装下去了，我真的做不到。

"我不知道，爸爸。我可能会没空。"说着我推开门下了车。

我以前需要过你的……记得吗？可那个时候你在哪

里，嗯？

你那个时候在哪里？

"阿尔菲……我只是想……"车上传来他不知所措的声音。

"不用了，我没事。真的，不用管我。"

我飞快地甩上车门，不给他再说什么的机会。

现在说什么都太晚了。

我钻到旁边的小路上，等到他离开后才重新走回大门口。我在那里等爱丽丝，不知道为什么，我很想见到她。

我靠在校门口的门柱上，早上爸爸让我吃的那一小片烤面包让我有些消化不良。我看着成群结队的学生视若无睹地从我身边挤过，我的视线在他们中穿梭，希望能在里面看到她。她应该会走这个门的，但要是她从后门进来了呢？或者她今天根本就不来学校呢？我心里开始东猜西想。要是她妈妈发现了我们做的事该怎么办？她妈妈可能已经在打电话了，向学校投诉有个八年级的男生可能会带坏她的孩子。我揉了揉脑袋，好像这样就能甩掉脑袋里的念头。没人会相信这事是她先提出来的。

我当时为什么不劝住她？为什么我要那么傻？

"你的样子看起来和我的心情一样糟。"

我立刻转身，看到她就站在我身后。她身上还穿着那件单薄的牛仔外套，黑色的头发看起来比之前更乱了，简直乱得不能再乱。我有一瞬间在想，她到底有没有梳过头发。

"你没事吧？"我问她，"昨天我很抱歉，让你一个人走回家。但我那时不得不回去了，因为已经严重超出了我日常回家的时间。"

"我没事。你爸爸后来什么反应？"

我哼了声："生气呗，还不就那样。"

她两眼一亮，说："那你今天有什么打算？"

我不安地动了动，不是很确定她到底什么意思。"就上学啊，然后放了学我得直接回家，我爸爸警告我了。"

"你没事吧？"她问道，"我是说，你看起来很憔悴的样子。"

我耸了耸肩："昨晚没睡好而已，醒来的时候头疼得厉害。"

她脸上露出狡黠的笑容："你看起来真的很不好。所以你可能需要去别的地方呼吸些新鲜空气？"

我犹豫地回道："我觉得不用……"

"你今天真能在学校待得住吗？"她立马打断我。

"不能……但……"

她不由分说地抓起我的手："所以……走吧。"

我稍微往回挣了挣手，心里不是很确定。学校大门周围已经没人了，所有人都在往校园里走。现在是进校的时间，我一直以来也都是这么做的。

"走吧。不过你要先给你的老师打电话请个假。"她又说了一遍，然后我发现自己不知不觉地跟着她出了校门，离其他人越来越远。我心里涌过不可名状的兴奋。

"我们去哪里？"我问她。

她对我莞尔一笑："去探险。"

　　他不太喜欢今天，因为所有人都一副心神不宁的样子。爸爸忧心忡忡地不停问妈妈，反复向她确认。

　　"外面气温只有两摄氏度，茉莉亚。你真要出去吗？"

　　每一次妈妈都会说爸爸大惊小怪。

　　"我没事的。你相信我，不要总把我当成个瓷娃娃。"

　　确实，她看起来好多了。几个月之前她在医院做了最后一次化疗，现在她脸上重新有了血色，体重也在慢慢恢复。她不再羸弱得连拥抱都做不到，也不用再成天躲在房间里静养。

　　他当然也很担心。这场比赛很重要，是的，总决赛。他当然希望妈妈可以到场，但他也不想让她再次病倒。

　　可是谁也劝不住她。

　　"我已经错过你很多场比赛了，阿尔菲，从现在起我一场都不想错过。"她说道，"而且，我还希望你今天能为了我多进几个球呢。"

在车上，爸爸扭开了收音机，妈妈跟着里面的老土歌曲唱了起来。以往妈妈这么唱会让他浑身不自在，可今天他听得笑了起来。这一切真好。

他们到达球场的时候他紧张了起来。今天的比赛非同寻常，对手是郡里实力最强的球队，那支队伍有着十二连胜的战绩。他回头看了一眼，爸爸妈妈面带笑容，而且妈妈看上去坚强又健康。他深吸了一口气，然后穿过球场跑向自己的球队。

这是一场艰巨的比赛，开场没几分钟他们就被对方攻进了一个球，之后罗斯菲尔德队开始采用拖拉战术打乱他们的节奏，科尔在前场急得火冒三丈。但就在这时，阿尔菲在边路空位接球，附近一个防守都没有。他迅速带球向前跑去，然后平行着球门一脚横传把球完美地推到科尔脚下，科尔直接起脚抽射，进门得分。

一比一平。

"干得漂亮，阿尔菲。"科尔兴奋地捶了一下他的手臂说。

接下来双方都试图再次进攻得分，让比赛变得越来越激烈，眼看着整场比赛似乎要以平局告终。但几分钟后，他在刚刚过半场的位置获得了持球机会。他抬头发现对方守门员已经跑到了球门线外。可以这么做吗？会不会太冒险了？

随着这样的念头一闪而过，他果断拔脚一记抽射，球

在空中画出一段完美的弧线，然后越过对方守门员头顶落进网里。

场上的一小群人沸腾了，科尔和其他队员一拥而上，对他赞不绝口。

"阿尔菲，太棒了！"

"这个射门绝了！"

但他的耳朵里除了这些欢呼和呐喊，就只剩下妈妈尖叫着喊他名字的声音。

她在那里。

她看到了。

那才是对他来说最重要的事。

# 第九章

　　爱丽丝走得很快，我差点儿没跟上。她边走边时不时地回头，疑神疑鬼的，像是觉得会有人来抓我们。但我的心态反而变得异常淡定。我反正是请假了，所以在哪儿都比坐在憋闷的教室里强。就这一天有什么大不了的？我难道就不能偶尔给自己放个假吗？

　　"所以，我们到底要去哪里？"我又问了一次，我觉得爱丽丝其实也毫无头绪。我们一直沿着学校的后街往外走，走向我们家的方向。

　　"哪里都行，只要离学校够远。"她回道，"说真的，我都不知道你是怎么忍下来的，那里简直太让人难受了。"

"学校不都一个样吗？你之前待的学校是什么样的？"

爱丽丝气喘吁吁地说："我没在那儿待多久，不过确实也是和这里差不多。老师对着你大呼小叫，别的学生觉得你是个好欺负的软柿子……"

"你一共转过多少次学？"我问道。

"记不清了，大概三次了吧。我们经常搬来搬去。"

"为什么？"我忍不住问道。她身上有太多我不知道的事情。爱丽丝摇摇头，躲开了我探究的目光。"没什么理由，我们就是经常搬来搬去。妈妈不太善于在一个地方长待。"她停下脚步抬头望着前方，"这是去往我家的那条路，我们现在住的地方。"

"哦，是的，你家的房子很漂亮。"

我望着眼前的这条路，景色确实十分优美。路两边都是高大的维多利亚式独栋别墅，每栋房子前都有着宽阔的车道和修剪整齐的长条形前花园。

爱丽丝的声音沉下来。

"一点儿都不漂亮。"她轻轻地说。

"你家是哪一栋？"

她两脚在原地不安地蹭了蹭，说："你看到右边那栋房子了吗？就是从这儿往后数大概七户的样子，在拐弯的地方，门是红色的那栋。"

我抻长了脖子往前看。那栋房子和其他的房子看起来一样壮观，有着高耸华丽的外观和巨大的古典窗户，门前的花园里还铺着地砖。"你家真好看。"我真心实意地说。

"是吗？"爱丽丝说，"你再仔细看看。我曾经也觉得它好看。那栋房子不全是我们的，阿尔菲。我们家挤在顶层一间漏风的破房间里，和另一家人共用一个洗手间，那家人吵得要命，就像从来不用睡觉一样。"

我茫然不解地看着她："什么意思——你们住的算是某种民宿吗？"

她哼了一声："与其说那里像个家庭旅店，不如说就是个专门用来塞那些无家可归之人的收容所。那栋房子里挤满了他们不知道该怎么处理的家庭，从某种意义上来说那里就像个垃圾桶。"

我又打量了一遍那栋房子，觉得它和之前看起来有些不太一样了。"那里听上去很糟糕。"我最后说道。

"确实如此。"她说着转过身，面对着我的一双眼睛又亮了起来，"不过我不想再谈那个了。今天的主题是探险，所以我们快走吧。"

我们俩身上一共只有五英镑——想干点儿什么都不

够——不过爱丽丝毫不在意。

"快走吧。"她抓起我的手说。

我们跨过火车站的检票口，看到第一列开进站的火车就直接跳了上去。这趟车是往乡村开的。

"我们到底要去哪里？"我再次问道，"我们什么时候下车？"

"我也不知道。"爱丽丝回道，"这样吧，我们看哪站顺眼就在哪站下。"我耸了耸肩，行吧。

和爱丽丝在一起，我很难不被她旺盛的精力所感染。我们坐在靠后的车厢里，这里十分安静。我们座位的另一边坐着一位在看书的老太太，对面是一个带着小婴儿的女人。

"我们还没有买票，要是检票员来查票怎么办？"我悄悄地问她。

我讨厌自己这副畏畏缩缩的样子，但同时我也不想被扔下车，或者背上一笔不得不向爸爸解释的巨额罚款，尤其是在我本该待在学校里的时候。我实在是不想自找麻烦。

爱丽丝耸了耸肩："他们来了我们再补票就可以了，不会有麻烦的。"

"听起来你像是之前就干过这种事。"

"就算我干过又怎么样？"爱丽丝语气不善地回道。

她这会儿目不转睛地望着窗外，整张脸几乎都贴在玻璃上。我颓然地往后一仰，靠在又硬又破的椅背上。爱丽丝的行为很奇怪——上一秒还兴致勃勃地要去做这做那，下一秒就气呼呼的，像是我惹到她了。

我故意大声叹了口气，然后掏出了手机，不过上面也没什么可看的。大家这个时候在学校上课，像正常人那样。现在本该是我数学课的时间，科尔会在课上踢我的椅背惹得我抓狂。

我到底是在干什么？我们真的要跑到荒郊野外探险吗？外面冷得要命，我们身上又没钱，而且我甚至都不怎么了解这个女孩，我的心底浮起一丝担忧。

我连她到底是一个什么样的人都不知道。

"你到底怎么了，爱丽丝？"我过了一会儿问道。

她转头看着我，满脸不解。

"我是说，你这个人就像是凭空出现的，我们每次活动也都不在学校里面。我……我其实都不了解。所以，你到底是怎么回事？你到底是一个什么样的人？"

她回过头继续看着窗外："我跟你说过的，我们经常搬来搬去，这让我没有固定的同学和朋友，所以我有些害怕去学校。"

"我倒是不害怕，但是我现在也不喜欢去学校。"

"你不喜欢去学校？我妈妈——"

她戛然而止，回头看向我。

我发誓她当时眼里噙满了泪水，不过她迅速用衣袖擦掉了，像是无法接受被我看到她这个样子，然后再次把目光转向窗外。

"你妈妈怎么了？"我催问她。

"我的情况很复杂，你不会懂的。"

"你怎么就知道我不懂？"

她扬起下巴用力吸了吸鼻子："你怎么可能懂？你这个样子——和他们没什么两样。你们每天做出一副负担很重的样子，但其实你们根本不知道真正的重担是什么样的。你们苦大仇深地对着周围所有人，表现得好像生活有多艰辛似的……"

我深吸了一口气，不知道该说什么好。

她摇了摇头说："抱歉，我不是故意要这么说的。"

可她都已经说了，那些话简直掷地有声。"为什么你会觉得我的生活很轻松？"我问她。

"因为像你这样的人总是这样，我之前见过太多了。我和那些人相处过，他们一天到晚抱怨自己的生活。像什么我妈妈太烦人了，我爸爸不给我买新手机，我真是太、太可怜了之类的。"她哼了一声，"无病呻吟。"

我轻轻地吐了口气，回道："哦，那你可真是见多识广，所以觉得所有人都是一样的。"

她脸红着说："我见到的就是这个样子，我没别的意思。"

"如果我在你看来也是个矫情的家伙，那你为什么还愿意和我待在一起？"

她耸了耸肩："闲着没事干呗。"

我摇了摇头。我不敢相信她竟然是这么想我的，简直就是胡说八道。谁给她权力这么想的？

"可实际上，"我说道，"你根本不了解我的生活，你对我一无所知。"

她缓缓地抬起头对上我的眼睛，眼神柔软下来。

"抱歉，阿尔菲。"她最后说道，"我太想当然了，以为所有人都是一样的。"

"但其实并非如此。"我回道。

我觉得自己的身体又沉又累。脑后的钝痛感越来越重，就像有什么东西要碾进我后脑勺儿似的。我用力揉揉额头想要把这种感觉压下去。

"我很抱歉。"她又对我说了一遍。

"可是你到底出什么事了，以至于你把其他人都想得那么坏。"我费力地说道，"那件事对你来说那么严重吗？"

"是的。"她轻轻地说，"但是我不谈它。我只想做些让自己开心的事，那件事我一点儿都不想再提。"

我再次摇了摇头。这一切都太不正常了。

爱丽丝突然抓着我的手，特别用力地攥着。

"我会告诉你的，阿尔菲。会有一天，我会向你解释所有的事情，但今天不行。好吗？"

她紧紧盯着我的眼睛，她的眼睛又大又亮，看上去——好吧，她看上去几乎在害怕。我从来没见过她这个样子。

"好吧……"我叹着气说，"但你别再装出很了解我的样子了，因为你根本什么都不知道。"

她点点头："知道了。"

这时，我们感觉到火车开始减速了。我们头顶的广播系统里传来前方到站霍恩斯格林的提示。

"你去过霍恩斯格林吗？"爱丽丝问我。

"从没去过。"

"好吧，那你今天可以去了。"她笑着说。

我勉强地回了个微笑，努力忽视那股在我心里游走的不安。爱丽丝身上到底发生了什么？

那些向日葵已经长出来了。

他跪在地上仔细地观察着。经过八个月的等待，他终于看到细细的绿芽从土地里顶出来。他轻轻地摸了摸那棵娇嫩的苗。"你一定会长得很高的。"他低声说，"你一定要长得比我还高。"

今天十分宁静，就连屋外花园里的小鸟都比平时更安静。这种感觉很奇怪，让人感觉有些不安。就像整个世界正站在悬崖边缘，只等着最后一刻的来临。

他慢慢地从地上爬起来，然后掸了掸粘在衣服上的泥沙。妈妈不喜欢他脏兮兮的，也不喜欢他把泥沙带进房子里。而且今天一切都必须保证完美。

客厅里，爷爷正坐在电视机前等着，不过他明显一点儿都没看进去。爷爷用手轻轻拍着腿，这是他紧张时才会有的动作。

"你来啦，孩子。"爷爷的声音轻快却带着一丝颤抖。

阿尔菲对他点了点头，他这时不想说话。他有很多问题，却不敢开口问他们。他害怕自己听到不想听的答案。

"他们现在应该快到了……"

阿尔菲扫了一眼钟表。爷爷说的是真的吗？他们真的快到家了吗？他们已经出去好几个小时了。他本来不知道今天的就诊有多重要，但昨晚无意间听到了爸爸妈妈的对话，于是他知道了。今天就是他们去确认妈妈能否痊愈的日子。

他在爷爷旁边坐下来。他不知道自己到底在那儿坐了多久，不过幸好有爷爷一直轻抚着他的头发，让他好受不少。

拜托一定要是个好结果。

拜托一定要是个好结果。

拜托了……

当前门方向终于传来吱嘎的开门声时，他发现自己根本没法儿动弹。他两腿发沉，紧绷到抽筋；胃里更是像被打了死结似的拧成一团。所以他只能坐在原位，继续等着，直到他发觉爷爷从身后的沙发上站了起来。他看着爷爷走向门厅，然后静静听着他们从门后传来的模糊不清的声音。

他紧紧地闭上眼睛。

拜托一定要是个好结果。

拜托一定要是个好结果。

她轻轻地走进客厅，蹲在他旁边。他感觉到她把头靠在了自己的脑袋边，脸上拂过她轻柔的呼吸。

"阿尔菲……"她轻轻地喊他。

他不敢睁开眼睛，只能摇摇头，不停地摇头。他实在是太害怕了。他知道一旦他睁开眼睛，一旦他看到她的脸，他就必须要面对事实，可是他还不知道自己有没有做好准备去接受那个事实。

"阿尔菲。"她轻轻地按住他的肩膀，"阿尔菲，你看着我。"最后他还是抬起了头，脑袋重得像是灌了铅似的。他眼皮颤抖着睁开双眼，当他看向她时，发现她的眼里和他一样，也闪烁着泪光。

"阿尔菲，没事了，我的治疗成功了。癌细胞没有扩散，我会好起来的。"

他激动得说不出话来，只会呆呆地重复："你会好起来？"

"是的，是的，我保证。"

她把他拉进怀里紧紧抱住他，哪怕被勒得喘不上气他也毫不在乎。她会好起来的，她已经保证了。

他的噩梦终于结束了。

# 第十章

　　我们下车时周围相当空旷，因为霍恩斯格林本来就是个前不着村后不着店的地方。整个车站只有两个站台，除此之外，就只有一间小售票亭和一个看上去年代久远的自动售货机。车站里一个人也没有，这个地方看起来就像个被彻底遗弃的废墟。

　　"出口在那边。"爱丽丝边说边拽着我往天桥走。

　　"这个地方死气沉沉的。"说完我看了看身后，有点儿期待能有人从售票亭里跳出来喊我们两声，可惜里面毫无动静。"我们要不就在这里等下一趟车，直接回去算了？"我问道。

她有些惊讶地瞪大眼睛说："那还有什么意思呢？"

"我也不知道，但这个地方看起来什么也没有。"

"那有什么关系？这里没人认识我们，这才是最重要的。"她回道。

我对她说的将信将疑。这里真的比学校好吗？别误会，我的意思是，我虽然不喜欢去学校，但是在那里我至少还能有点儿事干。而且话说回来，那里才是我该待的地方。

这种感觉太不对劲了。

爱丽丝开始朝天桥走去，她的肩膀上挂着那个巨大的书包。"快点儿！"她冲我喊道。

我像个小跟班似的随她爬上那座老得生锈的铁架桥。当我们爬到桥的最高处时，我的目光投向了远处的景色。我觉得眼前的景色还挺好看的：一边是起伏的田野和树林，另一边有一条蜿蜒的马路和一小片房子。我猜那里应该就是村庄所在的位置。

下天桥后我们穿过一扇小门走进了一条很窄的小巷子，从巷子里面走出来，就到了我在天桥上看到的那条蜿蜒的马路上。我和爱丽丝四下看了看，这个地方真的很整洁。所有的房子都不挨着马路，不但建得整整齐齐，而且房门前的花园里都种满了五彩缤纷的花草。这里的路面上看不到一点儿

垃圾，房屋墙壁上也没有涂鸦，甚至连一点儿噪声都听不到。

"这里也太漂亮了。"爱丽丝忍不住说道。

我点点头："确实很漂亮。"我边说边继续打量周围，仔细地观察着。这里的每栋房子看起来都很独特，而且保养得都很好，那些花园更是出类拔萃。

"我妈妈要是看到了，肯定会喜欢这里的。"我不假思索地说。

爱丽丝立刻听出了不对劲："你妈妈？可是，她现在不能看得到吗？"

我叹了口气。这下真的绕不过去了，我显然也不可能永远回避这个话题。

"不能，她已经死了。"

"哦。"爱丽丝的表情变了，但并不明显，几乎就像是在刻意不让自己表现出大惊小怪的样子。她略略挥了挥手，说："我不该问的，抱歉。"

"没关系。"我言不由衷地回道。

怎么会没关系？光是站在这儿，看着这个宁静美丽的乡村，就足以让我伤心欲绝。这里应该是我和妈妈一起来的地方。

不该是我和像爱丽丝这样的人一起来的。

可我还能怎么办呢？既然都已经来了，我只能苦中作乐。

我一直以来都是这么做的。

*

我们吃了两个巧克力棒，喝了点儿便宜的可乐，还一起吃掉了一个特大袋装的洋葱圈。我原本没想这样的，但现在也无所谓了。我现在又冷又累，只想回家，可我不能和爱丽丝这么说，我不想让她觉得我是个无聊又可怜的家伙。

我们坐在湖边的一小片树林里，那些树把我们遮了个严实，有几个从我们旁边走过的人都对我们视而不见。我漫不经心地瞥了一眼手机，里面仍旧没什么动静，不过我看到本给我发了一条信息。我点开那条信息，心里有点儿忐忑。

**喂，你人呢？马上点名了，快点儿来。**

看到这条信息我有点儿难过。我喜欢以前和本一起玩的时候，也很高兴能重新和他做朋友。可是现在我竟然偷偷请假和这个新来的陌生女孩待在一起。我甚至都不知道自己到底是喜欢她还是讨厌她。

我灌了一大口可乐，感受到气泡在我喉咙里翻滚炸裂的

感觉。这些其实都是借口。我之所以愿意和爱丽丝待在一起，是因为我觉得和她待在一起更容易，比和那些我认识的人、认识我的人待在一起容易。

我把手机塞回口袋里，打算晚点儿再回复本，毕竟我还不知道自己有没有准备好听他絮絮叨叨。爱丽丝仰头望着天空，像是沉浸在了自己的思绪中，她这个样子几乎称得上宁静。

"你看那些云，阿尔菲。"她指着天上说。

我抬头看去，蔚蓝色的天空中飘着几大朵白云，没什么好稀奇的。

"云怎么了？"

"你看它们的形状，"她说道，"你仔细看，它们像脸一样。"

我眯起眼睛看去："有吗，我看不出来。"

"很像啊！"她几乎喊了起来，"你看那边！就是我们头顶的那朵，它那里有点儿凸出来的地方就像个长鼻子一样，好像叶芝老师。"

我哼了一声。幸好本不在这儿，那可是他最喜欢的老师。

"还有那个。"她指着左边的云朵接着说，"那两个超大的耳朵，像小飞象一样。"

我轻轻地摇了摇头:"可能吧……"我真看不出来她说的那些,在我眼里它们就是一些白棉花团。

"你怎么一点儿想象力都没有。"她小声嘟囔。

"那么明显!"

"你再仔细看看!"

我只能照做。我眯着眼睛努力想去看出她看到的那些。那些白色的棉团晃晃悠悠地在我头顶飘忽不定,差点儿把我看晕。不过我还真看出了一个。有片乱糟糟的、在往右飘的云,看起来像是脸的样子。我用手肘轻轻推了推爱丽丝。

"有了,在那边。我看到那里有个怪模怪样的脸。"

她笑道:"你看!我说得没错吧!"

"其实,那个看起来有点儿像你。"我接着说。

她哼了一声,用手肘在我胸口狠狠撞了一下,气愤地说:"我才不是那个样子。"

在我没注意的时候有人来到了我们旁边。当我把头转回来平视前方时,一眼就看到了站在我们右前方的那个人。他年纪很大,胖乎乎的脸上挂着一副严厉的表情。他牵着一只小黑狗,那只狗的样子就像那些云一样,简直就是个小毛团。那只狗在我脚边闻了闻,然后抬起头看着我,一副不满意的样子。

　　"有什么需要帮忙的吗？"我问道，因为除此之外我不知道还能说什么。为什么这个人要靠我们这么近？而且为什么他要让他的狗这样闻我们。

　　"你们俩不用上学吗？"那个人回问道，虽然他的声音很礼貌，可是语气很严厉。

　　爱丽丝的注意力立刻从天空撤回来。她转身对着那个人的表情让我很不适应。她满脸厌恶地冲那个人低吼了一声，眼神不善。

　　"关你什么事？"她气冲冲地说。

　　"如果你们是逃学的话，那这件事就和我非常有关。"他回道。他始终表现得很冷静。

　　"我们今天是社会实践，不上课。"我立刻回道。

　　那个人上下打量着我们，然后我突然意识到，他可能看得到我外套里面的校服。于是我尽量裹紧了外套。

　　"你们是哪所学校的？"他又问。

　　"圣尼古拉斯中学。"我回道。这点没必要撒谎，更何况我们学校又不在这里，他根本没法儿知道我说的是不是真的。

　　那个人点点头："那可有意思了，因为我很确定圣尼古拉斯中学今天没有社会实践。"

爱丽丝在长凳上烦躁地动了动，身上的怒气几乎快凝出实体了。"你怎么知道的？"她质问道。

　　那个人稍稍往后退了一步，说道："我猜的。"

　　爱丽丝听完更气了，她直接从凳子上跳了起来。

　　"你为什么要管我们！我们根本没惹你，赶紧走开，别来烦我们。"

　　"我想学校那边应该很想知道你们在干什么。"他不紧不慢地说。

　　"这不关你的事！"爱丽丝几乎在吼了。我脸上发烫地转过头，尴尬得不行。

　　那个人难过地冲我们摇了摇头。我发誓他盯着我看的时间比爱丽丝还长，仿佛对我特别失望的样子。

　　"走开，带着你这条又丑又臭的狗赶紧走。"爱丽丝在他身后吼道。

　　那个人的脸变得通红："你这个女孩子真是太没礼貌了！"

　　"谁让你是个多管闲事的胖老头儿！"爱丽丝尖牙利嘴地回道。

　　一阵短暂的沉默后，爱丽丝坐回了长凳上，眼里依旧闪着火光。我想要说点儿什么，但以防再挑起她的火气，我没敢开口。但我知道失控的人其实是她。那个人只是个老头儿

而已，她不该用那种口气和他说话，那是不对的。

　　"我希望你们能好好反思一下自己今天的行为。"那个人说完转身走开，他的声音软了下来，带着一丝颤抖。

　　"好的。"我喃喃地说。

　　我不敢去看爱丽丝的反应，但我能听到她低声嘟囔。

　　我心里那抹暖意彻底消失了。

时间飞逝，快得不可思议，仿佛就在眨眼之间一切都变得不同了。

　　没过多久他就长得和妈妈一样高了，而花园里的那些向日葵已经长得比他还高。妈妈站在屋外抬头看着那些向日葵，脸上洋溢着纯粹的喜悦。

　　"我没想到它们真的能种活。"她感慨着，"但它们长出来了，一切也都变好了。"

　　家里的日常生活恢复原样，爸爸回去上班了，房子里只剩下他和妈妈，不过他喜欢这样。他喜欢看到妈妈再次忙碌起来，看她不是去外面修整花园，就是把家里粉刷一新。

　　不只是向日葵在生长，她也是。只不过形式不同。

　　"癌症会让人改变。"妈妈告诉他，"它让人学会用不同的眼光看待生活，让人格外感恩自己拥有的一切，发现自己原来已经拥有了那么多。"

　　她今天又在修理花园，这是她最喜欢做的事情。她说做这些事让她感到很放松，而他偶尔也会跟着一起做。

　　"你接下来有好多值得期待的事。"她边干活儿边说，"你想想看——明年你要升初中了，接着还有一连串的选拔赛在等着你。"说到这儿，她笑了笑，"你以后一定会成为一个超级巨星。"

　　他不安地扭了扭身子。就是这件事让他觉得压力很大。他知道自己在足球上取得的成绩有多么让他们引以为豪。足球让他们非常高兴，但同时也让他害怕。

　　"妈妈，要是我踢砸了怎么办？"

　　她摇了摇头。她金色的鬈发已经长回来了，随着她的动作轻轻地在她脸上跳跃。

　　"你不会踢砸的。"

　　"万一呢？"

　　就在上周末的那场比赛里，他不但错过了一次绝佳的射门机会，而且之后从其他队员那里接球也总是出问题。他的反应又慢又笨拙，队里的小伙伴都对他有意见了，尤其是科尔。那之后他就在想，是不是其他人对他的评价都错了——他们说他是个了不起的球员，但如果他们只是在说笑呢？其实他根本也没什么特别之处。

"你不会踢砸的。"她又说了一遍，这次她的声音认真了许多，"阿尔菲，只要你全力以赴，你就不会踢砸。无论你能不能通过选拔赛，都没关系，我们只希望你高兴，你能为自己感到骄傲就好。"

他的头沉了下去："我只是想让你们高兴。"

"这样的话，你确实就搞砸了。"她柔声说道，"这是你的人生，需要你自己努力去过好，没必要太在意我的想法。"

她把他拉进怀里紧紧地抱住："我永远都会为你感到骄傲，阿尔菲。无论你以后成为什么样的人，我都会一直支持你。"

他相信她说的每一句话。

# 第十一章

回车站的路上我们没怎么说话。爱丽丝一直在抱怨今天的心情被毁于一旦，而我更在意那个被她气走的人。要是他去举报我们怎么办？我们没有告诉老师要去哪里。

"你想太多了。"她取笑我。

是啊，或许是我太杞人忧天了。不过我真的不想给自己惹麻烦，免得到时候还得向一堆人解释自己为什么要跑到镇外的公园里闲逛。我知道如果学校那边知道我们来了这里就会担心，而我不想让他们担心。一旦他们担心了，他们就又要开始找我谈话；一旦他们找我谈话，可能就会再次让我接受心理辅导。

但那是绝对不可能的。我绝对不可能重蹈覆辙。

我很好，我只是想给自己放个假而已。

为了等下一趟火车，我们不得不在车站里闲逛了很久。我一直在紧张地看手表，我必须赶在爸爸之前到家才行。我不想让爸爸知道我没去学校，因为被爸爸约谈简直不堪设想。

"你为什么这么闷闷不乐？"她凑到我身边问我，不过离得有些太近了。

我生气地瞪着她："你真不知道吗？都是你出的馊主意，我们在这个穷乡僻壤般的村子里瞎转了一整天，最后你更是来个压轴大戏，当面对着一个老头儿大喊大叫。"

爱丽丝"喷"地咂咂嘴："你别夸大其词！我只是声音稍微大了点儿而已，算不上是对着他大喊大叫。"

"怎么不算？你嗓门儿大得都快惊天动地了。"

她脸上滑过一丝冷笑："是吗？听你说了这些，我现在觉得你可能是不太一样。"

我转头看着她："不一样？哪里不一样？"

"怎么说呢，你活得更无忧无虑吧，所以喜欢给自己找些消遣，偶尔让自己不守规则一次。"

她的话让我甚至都不知道该怎么回。我只能继续瞪着她："你根本不了解我。"

　　"是啊，我一点儿都不了解。"她嗤之以鼻，"你不过就是一个因为妈妈去世就对生活怨声载道的胆小鬼而已。"

　　我僵在原地，眼睛紧紧地盯着她。她的脸上始终挂着一副僵硬的微笑。她在故意激怒我，我心里很清楚。她想让我生气，让我彻底情绪失控。

　　没错，我很难过，我也是个胆小鬼。

　　我失去了一切。

　　但是我不会向你承认这些的。我不会向任何人承认。

　　我不会让你说的这些变得更真实。

　　"你说话呀，阿尔菲。告诉我！告诉我你到底有多难过。别用那种可怜的眼神看着我。"她摇摇头，"你该生气，该冲着我大喊。告诉我你到底在想什么！"

　　不，不，我不会那么做。

　　那些情绪在我心里翻涌咆哮。

　　我不得不转移注意力，免得它们把我噎得喘不过气，让我彻底爆发。

　　"你很了解那种感觉，对吧？"我咬紧牙关说道，"你很了解愤怒的感觉。"

　　她眼神闪烁了一下："你什么意思？"

　　"就是，你看看自己——无家可归，对吧？你们穷得连住的地方都没有，只能全家挤在一个房间里。这么听起来，你一定也对生活怨声载道吧？我要是像你这样什么都没有的话，我肯定会怨声载道的。"

她一动不动地盯着我，眉头紧锁。我看到有什么东西从她眼里一闪而过——那是什么？是难过还是困惑？接着，她缓缓地摇了摇头。

你太过分了，阿尔菲。

我吞了口唾沫，后悔像潮水袭来般把我淹没。"爱丽丝，我不该这么……"

可她的眼神冷得像是淬了冰。

"离我远点儿。"她咬牙切齿地说。

接着她转身走开，把我一个人留在站台上。


我朝家走去的时候看到房子里还漆黑一片，这让我很高兴。我嘴巴里充满了难闻的可乐和廉价洋葱圈的味道。我的胃和头都疼得不行。最重要的是，我现在只想躺在自己的床上好好睡一觉。现在时间还早，差不多是六点钟的样子，但是我真的感觉自己可以现在就上床，一直睡到明天早上。

我一直在想爱丽丝。我心里很矛盾，一方面我还是对她很反感，觉得她就像是口无遮拦的巨婴；但另一方面我又觉

得内疚，我把她一个人留在了那个偏僻的车站。虽然那时候天也没黑，而且也是她自己要气冲冲走掉的。但哪怕这样，我的做法也是不可取的。而且，我竟然蠢得连她的电话号码都没有，所以连给她发条信息确认她是否安全都做不到。

我到底是怎么回事？为什么总表现得像个白痴一样？

我把钥匙插进锁孔，然后开门走进屋里，一切看起来都很平静。把书包往门厅一扔，我走进厨房，决定去吃点儿东西，哪怕只是一片吐司或许都能有效缓解我的胃疼。可我的头疼只有睡觉才能解决，因为我真的需要很多很多的睡眠。

就在这时，我突然发现爸爸慢慢从客厅里走了出来。莫名地，他看起来块头比以前更大了。他的两条肌肉发达的手臂交叉抱在胸前，脸上面无表情。尽管这样我也知道他在生气，而我要倒霉了。我脑袋里瞬间涌出一堆借口，但是似乎没有一个站得住脚。而且我解不解释重要吗？无论我说什么他都一定会骂我一顿。

我后退一步抬头盯着他的脸，努力让自己在气势上不输他。他吓唬不了我。

"你为什么没去上学？"

我故作镇定地回道："你怎么知道的？"

"你的老师给我发信息了，怎么了？"他嗤了一声，"你还真以为自己能瞒得过去？你们学校的老师很负责任，阿尔菲。他们让我回电话告知你的去向。"

我皱着眉头看着他。他爱怎么做就怎么做，我不在乎。

"我是不是不该管这事？是不是就该直接让他们去找你谈？"他继续说道。

"随你便。"

他砰地一拳捶在自己腿上，吼道："少在那儿没大没小的，老实告诉我到底怎么回事，你跑哪里去了？"

"那和你有关吗？"

我脱口而出的那一瞬间发现自己的语气跟她何其相似，她——爱丽丝。不过我顶撞爸爸是有充分理由的。他凭什么管我，凭什么现在才来管我？爸爸深吸了一口气。我知道他在努力让自己冷静下来，让自己尽量不要发火。他不是一个善于控制情绪的人。

"别用那种口气和我说话。"他努力放平音调说，"我在问你问题，你回答我，为什么你没去学校？"

我耸耸肩，回道："我就是突然不想去而已。"

"你就是突然不想去而已？"他学着我的语气重复了一遍。

"是啊，怎么了？"我变得紧张起来，我不喜欢他故意

学我说话的样子。

"所以你就决定给自己放一天假，然后像个流浪汉一样到处闲逛？"

"我不是流浪汉。"

"你要再这么下去，变成那样是迟早的事。"他摇着头说，脸色肉眼可见地越来越红。

我气愤地回道："是吗？我不知道你到底怎么回事，我不过就是一天没上学，就这么一天而已！"

"谁让你这么跟我说话的！"

他猛地举起手挥过来，然后停在了几厘米远——离我的脸只有几厘米远的地方。我看到他的手在半空中发颤，然后他收回去了，整个人也愣了一瞬，像是不敢相信自己做了什么。

我有点儿不知所措，因为他从来没有这样过。他以前对我大吼大叫过，也对我破口大骂过，但从来没对我动过手。

不知道为什么，我突然笑了，笑声抑制不住地从嘴里溜出去。他现在这个样子真是太奇怪了。这个五大三粗的男人想要对我凶狠，但是他又做不到，他没法儿真的让自己伤害我。他能对我做的只有劈头盖脸地痛骂和毫无威慑力地恐吓。那就是他典型的作风，他永远都不愿真正去解决任何问题。

他愣愣地看着我，像是对我的反应难以置信，然后他摇了摇头。

"我现在一点儿也不了解你。"他涩着嗓子说道，"要是你妈妈还在……"

"要是妈妈还在又怎么样？"我硬声问他。

他没再说下去，只是又摇了摇头，然后一边往回走一边说："我们以后再谈。我现在不想说话。"

"不！"我在他背后喊道，"要是妈妈还在，那又怎么样？会有什么不同？"

他砰地甩上了门。

"我们就会过得开心了吗？"我冲着门板继续喊，"我们家就会正常了吗？"

他在另一边大声放起了音乐。

"要是妈妈还在，你说她会不会用心听我说话？"我嘶吼道，"你说她会不会在乎我？"

我把脸抵在门上，脑袋疼得像是快要裂开，我真的太难受了。

"你为什么不说话，爸爸？"我筋疲力尽地呢喃，"为什么从那以后你就再也不跟我说话了。"

可回答我的只有震耳的音乐声。他再一次把我关在了门

外。那道门横亘在我们之间，让我无法再靠近他。从现在起他可能之后一周都不会再和我说话了。

这次我没哭太久，就十分钟，或许再稍长一点儿，不过依旧让我整个人像是被抽光了气力。我把头深深埋进枕头，呼吸间全是眼泪浸透枕巾后的咸味。

楼下爸爸咚咚放着的音乐声不绝于耳，我很好奇他现在在干什么。做饭、看球赛还是看报纸？无论是什么，总归他都不会在哭。爸爸绝对不可能被人看到做这么丢脸的事。

我又想到了妈妈的葬礼。那是我人生中最黑暗、最漫长的一天。直到现在，我想起来还是会心脏疼。

我那时整个人都崩溃了，站都站不住，只能被爷爷搀着走。我清晰地记得自己是怎样被每一个动作——甚至是说过的每一个字——击得支离破碎。我仿佛成了一朵风中的蒲公英，根虽然还扎在土里，种子却被扯出了枝干，一下子就什么都没了。我被赤裸地暴露在天地间，感到前所未有的脆弱，但我能做的只是尽可能地保持沉默和安静，那样似乎能止住我身体的颤抖，却止不住我痛哭流涕、哽咽、哭号。

爸爸当时和我很不一样，他表现得冷静又自制，人人都说他很勇敢、很坚强。他始终站得笔直，脸上的表情看不出悲喜，说话声音平稳。

可是，当他看到我在教堂里抽泣时，他用手拍了拍我的腿，脸色变得又黑又冷。

"别哭了，别把大家搞得更难受。"

于是我不得不转过头，不让自己的脸出现在他的视线里。我生生把眼泪逼回去，竭尽所能让它们待在我的眼睛里，并且从此之后我再也没让他见到过我这副样子。

因为爸爸受不了我软弱的样子。

而那天之后，我很怕见他。

　　她很了解他，她总能明白他在想什么。只要她坐在他身旁，轻轻地握着他的手，他就知道她在用心听他讲话。

　　"他总是惹我生气。"他咕哝着，"他总是说我，我做什么在他眼里都不够好。"

　　"不是那样的，他其实特别以你为傲，他只是不知道该怎么表达而已。"

　　他转头看着她，生气地瞪着眼睛说："真那样的话，为什么他还总挑我的毛病？之前因为我成绩单上不是优秀，他就说我了；昨晚训练的时候他还吼我了，说我跑得不够快……"

　　她轻轻捏了捏他的手，说："我想他是因为太紧张你了。他只是想让你变得更好。"

　　"他要是像你一样就好了。"

　　她咯咯笑着，满脸得意地说："我会把你的想法告诉他的！"

她张开手，扰住他的手，轻抚着说："我和你爸爸的性格完全不同，但也正因为这样，我们才这么般配。我是一个理想的乐天派，而你爸爸他——"

　　"很悲观？"

　　"不！"她坐直身子，松开他的手说道，"不是的，我不喜欢你那样说他。你爸爸是个坚强的人，他是一个现实主义者，是个斗士，要是没有他……"

　　她没再说下去。

　　他心里很不好受，他看得出来自己让她难过了。他在座位上不安地动了动，不知道该说些什么好。

　　"你们俩就是我的一切。"她轻轻地说。

　　他点点头，这点他一直都知道。

　　"我之前生病的时候真的很痛苦。平时我是那么积极乐观，可那个时候我真的一点儿也乐观不起来，我感觉整个世界都崩溃了。但那时，是你爸爸让我看到了我不是一个人在面对这一切，是他让我再次坚强起来。"

　　他的眼睛被泪水蛰疼。"爸爸讨厌你生病。"

　　"我知道，我的病让全家人都不好受。但你知道他当时说了什么让我觉得好多了吗？"

　　他摇摇头，他不知道。

　　"他说，'我们所过的每一天都满是恩典，因为上帝让我们彼此相爱。'"她用力眨了眨眼睛，下唇止不住地颤抖，"你明白了，阿尔菲？他始终心怀感恩，感恩我们是那么幸运能拥有彼此。"

　　"可他要是对我不是这么想的呢？"

　　"阿尔菲，他爱你超乎你的想象。总有一天你会明白的。"

# 第十二章

　　我整晚都在担心爱丽丝。早上从空荡荡的家里摔门而出后，我犹豫着要不要穿过她家那条街去学校，顺便去看看她在不在。不过我最后还是决定不去了，免得看起来像个神经分分的跟踪狂似的。而且，爱丽丝真的愿意看到我吗？我又愿意见到她吗？我们最后那次聊天简直就是不欢而散。我一直告诉自己，爱丽丝混迹街头的能力比我强一万倍，她肯定能让自己平安回家的。搞不好她看到我这么担心的样子反而还会觉得很好笑。在我的印象中，她不是那种会因为这种情况紧张无措的人。可是她到底算哪种人呢？不上课去公园乱逛的人。我想对一部分人来说，这种行为只是偶尔一两次的谈资笑料，但爱丽丝看起来像是经常这么干。

在我往学校走的路上，这些念头像针一样不停地扎在我心上，于是我决定去敲本家的门。我最近都没怎么见过他，突然发现自己竟然那么想念和他待在一起的时候。可是当我走到他家时，他妈妈正要出门去上班。

"他已经走了。"她匆匆地喊道，"他最近走得很早，好像在做个项目还是什么。"

我对她说了声谢谢然后继续往学校走，努力不让自己在她面前笑出来。所以本还在一早就去学校到贝蒂面前刷好感，这友情也真是催人进步。我慢吞吞地往学校走着，两条腿像是在闹罢工一样无力地前行着，身上没有一点儿力气。

我昨晚又没睡好，一直在床上翻来覆去，时睡时醒，结果凌晨五点的时候我就彻底醒了。听到爸爸起床的动静，我想要起床去找他谈谈，希望解决我们之间的问题。可是当我听到他在洗手间里一边哼歌一边搞出叮叮当当的响声，仿佛什么事都不放在心上的样子，我心里的某个地方也变得坚硬起来。

我们两个人的问题，凭什么要我主动去解决？

\*

在学校时，我尽量让自己当个透明人，不过毫无疑问我从来不会如愿。我的班主任罗杰斯老师在课后把我留了下来。

"你昨天去哪儿了？你只说请假也没说去哪里。"他的语气很轻快，但我看得出他想问的远不止于此，这不过是兴师问罪前的铺垫，他脸上紧张的表情出卖了他。每次他想问我状态如何的时候都是这副表情。他像是可以随时开启或者关闭自己忧虑的表情，就像按开关一样，这种能力真的很了不起。

我耸了耸肩回道："我昨天有些不舒服，只想一个人静一静。"

"哦，这样啊。"他用手指轻轻地在面前的一摞纸上点着。

"我会补张请假条的。"我说道，同时希望罗杰斯老师别再找我麻烦。

"或者，你还可以……"他话音一转，"你可以跟我们说实话吗？"

"实话？"我眨眨眼，然后瞪大眼睛做出无辜的样子，"我已经说了，我昨天不舒服，没别的了。"

"但事实并非如此，对吗？"罗杰斯老师轻轻地说。他现在的表情看起来更忧愁了，仿佛他真的能看出我在想什么，仿佛他在为我难过。

那一刻，我感觉脖子后冒出一股冷汗。

"老师，我不明白您的意思。"我讷讷地说。

"你放学后还得去丹尼斯老师那里说明情况。"他最后说道，然后摇摇头，一副挫败的样子。

"丹尼斯老师？"要去校长那儿？这有点儿小题大做了吧，至于吗？

罗杰斯老师又叹了口气，伸手扒了扒自己乱糟糟的头发，说道："阿尔菲，给你个建议，下次出去散心别在街上随便骂人。"

我心里猛地一沉，那个老头儿。

"骂人的根本不是我……"我说道。

"但不巧的是，他今天一大早就过来了，而且清楚地指认了你和另一名学生。"

"可我真的没骂他……"

罗杰斯老师走到我面前，伸手握着我的肩膀说："这不像你会做的事。你知道的，我很担心你……我希望你能……"

"我很好。我只是犯了个错误，仅此而已。"

"所以这件事跟你最近的情绪毫无关系吗？"他现在被我搞得不耐烦了，试图要逼我说话。我有些愤怒，想让他赶紧从我面前消失。

"阿尔菲，你不能再这样下去了。你的成绩一直在下滑，我看你也不和以前的朋友来往了，你的足球——"

"老师，我真的没事。"我说完就抓起书包往外跑。

但我离开教室的时候，还忍不住在想，要是我从未遇见爱丽丝，我的情况一定不会有现在这么好。


我一开始没在餐厅里看到本，后来才发现他和音乐小组的一群人坐在一起。他似乎正和一个叫詹森的人聊得很投入，虽然我不太认识那个人，但我知道那个人的脸上总是一副气呼呼的表情，像是谁惹到他了一样。本说他只是"太沉浸在音乐中"。

我一直都不习惯和那群人待在一起。他们总是讨论音乐和一些我不知道的事情，让我觉得自己像个傻瓜一样。

当我走近他们时，发现那里唯一的空位就在科尔旁边，他正和校足球队的德克兰、基隆坐在一起。我犹豫了一秒后还是慢悠悠地走了过去。这里是我以前午餐时坐的地方，一股强烈的熟悉感牵引着我。

我曾经属于这里……是他们中的一员。

"大家好呀。"我说着坐在了他们对面。

科尔抬头看着我，脸上露出一丝意外，不过接着他就冲

我点了点头，笑着回道："阿尔菲，你昨天去哪儿了？"

"病了。"我简洁地回道。

科尔哼了一声："哦，是啊，你可不就是病了嘛！格蕾西·拉塞尔说看到你和那个新来的女生，就是低我们一年级的那个古怪的女生，一起从大门走出去了。"

基隆在旁边百无聊赖地打量着我。不久之前，我们相处得还不错，不过他现在似乎比以前更自大了。虽然他取代了我在校队的位置，但可能也起不了什么作用，他的水平根本不行，大多数时候就只是把球在地上蹭来蹭去。"哪个古怪的女生？"他问道，"你的新朋友？"

我心里涌起一阵不悦，回道："她不古怪，她只是……"

她算哪种人呢？暴躁？独来独往？还是惹人嫌？

"所以你们俩昨天去哪儿了？"基隆又问道，他显然对这件事起了兴趣。

"我只是想在学校外面待一天而已。我们就在外面随便逛了逛，放松一下心情。"

基隆嬉皮笑脸地说："听上去还挺有意思的。不过说真的，那个女生到底是谁呀？"

"她比我们低一年级。"科尔跟他说，"据说顶着一头乱发而且话很多。我听说她已经因为背后对老师出言不逊，给自己惹了很多麻烦。"

"她可真了不起。"基隆干巴巴地说。

科尔摇摇头，对我说："你选择的新朋友总是那么奇怪。记得那个法耶·韦斯特吗？你这家伙那时竟然躲着她。"

我瞪着他："我没有躲，我当时只是不想认识新朋友。"

那时妈妈才刚去世几周，我显然没那个心情去结交新的朋友。准确来说，是没有心情做任何事情。

"可是再也没有对的时间了，是不是？"科尔看着我的眼睛喃喃地说。

德克兰用手肘顶了一下科尔，提醒他别再招惹我。我喜欢德克兰，他没那么爱说三道四，而且踢足球的水平看起来跟我差不多。

"怎么了？"科尔转身看着德克兰，故作惊恐地抬手挡在身前说，"我又没说什么不该说的，我只是在说……阿尔菲现在不一样了，我很想他，不行吗？"

我看着自己的餐盘，往嘴里塞了根干巴巴的薯条，边嚼边看向科尔。

"事情总会变的。"我最后说道。

　　他知道今天会成为他记事以来最高兴的一天。要是可以的话，他恨不得把那时的感觉封进瓶子里，珍藏一辈子。

　　一切都从这场比赛开始，那是他有史以来踢得最好的一场比赛。冬天的太阳暖暖地照在他的身上，让他觉得身心舒展。他沿着边路快速跑动着——轻盈得仿佛脚不沾地，球就像是粘在他脚上似的，在他扭着身子晃过对方的防守队员时乖乖地跟着他一起移动。当他突破那几个人的围堵带球长驱直入时，他听到了场外的欢呼声。接着，他在自己如鼓的心跳声中一脚把球射进了球门上角。

　　他的动作是那样轻松，又那么完美。

　　哨声响起，他的队友们一拥而上围住他，争着抢着和他拥抱。他成了全队的偶像。

　　妈妈和爸爸都在场外，裹得严严实实的，站在寒风中。他看到妈妈的脸被冻成了粉红色，但依旧咧着嘴在对他笑。她看起来精神很好，很健康，充满活力。一切都会好起来的，她也会变得越来越好。他们都会越来越好。

妈妈对他说着自己有多为他骄傲。虽然她口头上打趣他粘得满脸满头的泥巴，但实际上她一点儿也不在意。就连爸爸看起来都放松多了，他在一旁跪着脚跟满脸笑容地低头看着他们俩。

"你一定会成为一个超级巨星的。"妈妈说道，而他对她坚信不疑。

他们带他去镇上的餐馆里吃饭，他浑身是泥但看着还有点儿亢奋的样子，不过今天没人在意那些。他们点了三大份烤肉套餐，坐在炉火边的位子上大快朵颐。那家餐馆的东西真是太好吃了，他从来没有这么饿过。就连妈妈都胃口大开，但吃得还是比他和爸爸慢一点儿。

"等我完全康复后，我们养条狗吧。"她边吃边说。

爸爸抬起头，有些意外地问："你是认真的吗？"

"对呀，为什么不？我们要养条可爱的小母狗，名字就叫波比。我要是有女儿的话就想让她叫这个名字。"

"我支持你，妈妈。"他高兴地说。

爸爸点点头："行吧，既然你们都想养。"

他笑了，今天真的是他最高兴的一天。

# 第十三章

　　丹尼斯老师的办公室外面有条小走廊，等铃声响起后我就得往那儿走。逃避没有任何意义，无论她要把我怎么样，我都只能面对。我之前只去过那里两次，第一次是去领出勤奖，第二次就是在妈妈去世后。我想我可以被看作是那种一般意义上的好孩子。

　　当我转过拐角时，看到爱丽丝已经坐在办公室外等着了。我心里又涌出隐隐的内疚，昨天我真不该把她一个人留在那里。

　　可她抬头看到我时，还是笑了笑，说道："你好呀。"

　　我对她点点头。

"他们把你也找来了？我还以为这次可能只有我自己。"
她说道。

她的话让我蹙起了眉头。"当然不会，我们俩是一起的。"
我边说边在她旁边的位置坐下，"我昨天不该把你一个人留
在那里的，我很抱歉。"

她耸耸肩："没事，我能照顾自己。"

"就算这样，我做得也不对。"

她咧着嘴笑道："你没必要这么自责，我就在附近转了
转，然后就搭下一趟车回来了。至少这样我也不用听你的埋
怨了。"

我迟疑地点了点头，觉得她说得倒也没错。

"你觉得他们会怎么处理我们？"我问她，"留校察看？"

爱丽丝叹了口气，然后打量着自己的指甲说道："我不
知道，而且我也不在乎。"

"你难道一点儿都不担心吗？你妈妈那边会怎么说？"
我奇怪地问。

她冷哼了一声："她会觉得学校纯粹是在没事找事，她
现在还有一堆事要忙呢。"

"真的吗？"我有点儿难以置信。

爱丽丝点了点头。不过我捕捉到了她有一瞬间略微蹙

眉，这让我没法儿确定她说的到底是不是真的。

"我爸爸会打死我的。"我讷讷地说。

"他不会的。"爱丽丝回道。

我深深吸了口气。没错，他或许不会对我做什么，但他一定会对我失望。不知为什么，那样让我感觉更糟。

丹尼斯老师把我们一起叫进了办公室。她留着一头利落的黑色短发，那双蓝色的眼睛明亮又尖锐，仿佛能看穿人心。她在这所学校当了很久的校长，有人说她可怕，但我一直都觉得她很酷——我平时还挺喜欢她的，况且平时我也不会做什么出格的事。

丹尼斯老师让我们并排站在她面前，这让我突然意识到自己原来那么高，而且那么瘦。这样站着感觉很奇怪，我发现自己有些烦躁，只能努力在原地保持不动。

"说吧……"她拖着声音说，"你们两个昨天干什么去了？别用那些谎话糊弄我，维特先生今天一早就来了，他认得你们两个。"

我们俩谁也没说话。办公室里温度太高了，又热又闷，可我发觉自己竟然有点儿发抖。

"你们知道维特先生是谁吗？"她继续说道。

我摇了摇头，估计爱丽丝连动都没动。

"他是我们学校的理事之一，你们昨天的行为让他痛心疾首。"丹尼斯老师的语调开始有了起伏，"所以，能告诉我你们昨天到底干什么了吗？"

爱丽丝看着地上一言不发，所以只能由我来说了。

"我们就是休息了一天，什么也没干。我们之前也没计划过。就是临时起意。"我结结巴巴地说道，"我心情很低落，想要去放松一下。"

丹尼斯老师扬着眉，脸上冷若冰霜，我之前从来没见过她这个样子。"那是谁的主意？"她问道。

爱丽丝还是盯着地面，一副安静又没存在感的样子。她这会儿倒是成锯嘴葫芦了！我在原地不安地动了动，办公室里安静得让我觉得很尴尬。

最终我叹了口气，说道："我的，老师，是我的主意，是我把爱丽丝叫走的。"

虽然我不知道自己为什么要这么说，但就是有种做对了的感觉。我整个人松弛了下来，爱丽丝在我旁边也轻轻舒了口气。

丹尼斯老师往后退了一步，两手交叉抱在胸前牢牢地盯着我。她虽然什么也没说，但她的表情说明了一切。她扬起的眉毛、翘起的嘴角都在说着同一件事：她不相信我的话。

"爱丽丝，你对这件事有什么要说的吗？"她最后问道。

爱丽丝稍微低了点儿头，乱糟糟的头发垂到她脸前。

"他说得对，是阿尔菲的主意。"她喃喃地说。

我感觉整个人涨得通红。虽然我把过错都揽在自己头上，但我没想到爱丽丝竟然这么快就接受了。

丹尼斯老师叹了口气，说："说实话，我真的很意外。爱丽丝，你妈妈向我保证，说你在这里会改过自新，你会表现得不一样，但现在听下来，你和你之前学校评价里的没什么不同。"

爱丽丝抬起头，这下我又看到了她眼里的火光。"这是他的主意。"爱丽丝又说了一遍，在"他的"两个字上加重了语调，仿佛自己和这件事完全无关。丹尼斯老师转头看向我，看起来有些难过，又或许是失望。

"那不像是你会做的事，阿尔菲。"

我耸耸肩："我想可能是因为我那个时候想法不同吧。"

"你最近是不是心情不好？有没有我能帮得上忙的地方？"丹尼斯老师问我。她放软了声音，却依旧盘根问底。

心情不好？她在开什么玩笑？我绞尽脑汁试图回忆起自己真正心情好的时候是什么样的，哪怕只是想到那些时候都让我肌肉紧绷。

一切都回不到从前的样子了，为什么就是没人能明白？

"明天我会再和你单独谈话。"丹尼斯老师对爱丽丝说道，"你待人接物的态度和出勤率都让人非常担心，维特先生尤其指出你昨天对他的态度非常无礼。"

爱丽丝仍旧一动不动地站在我旁边，她嘴里低不可闻地嘀咕着什么，但我实在听不清。

丹尼斯老师又把注意力转向我。

"虽然你之前从来都没干过这样的事。"她对我说，"但我还是要让你留校察看，而且我会把维特先生的事告诉你爸爸。我很担心你，阿尔菲。"

告诉我爸爸？我下意识地摇头道："不……"

丹尼斯老师蹙着眉说："我必须要把情况告知你爸爸，阿尔菲。"可是他不会听的，他只会对我大吼大叫然后无视我。他根本不理解我的感受，也不理解我。

那些话在我心里咆哮。爱丽丝像是感觉到了什么似的，在我旁边不自在地动了动。我现在只想离开这间办公室，离他们所有人远远的。"随便吧。"我最后说道，"随您怎么办。"

我没什么好在乎的了。

离开办公室后，爱丽丝碰了碰我的胳膊。

"谢谢你把错都揽在自己身上。"她轻轻地说，"真的……

谢谢你。"

我很意外她竟然会对我说谢谢，我从来没对她抱过这种期待。"没事。"我讷讷地回道。

"我妈妈她……很严厉。"她转头避开我的视线接着说道，"我觉得她现在也没精力处理我的事。"

"没事的。"我再次说道，"真的。"

我们开始往楼外走去。出学校后我整个人都高兴不少，感觉终于能呼吸到新鲜空气，能把学校里的乌烟瘴气都甩在身后了。

"我觉得我明天要倒大霉了。"爱丽丝叹着气说。

"你不是说你妈妈不会在意的吗？"我奇怪地问。

爱丽丝稍稍垂低了脑袋，说："不，她会的……我只是在自欺欺人，只是为了不内疚才说她不会的。我总是在闯祸，虽然每次事后我都很后悔，可妈妈不需要我的后悔。"

"我想她会理解的。"

"不，她会觉得失望。我也不想让她失望呀。"爱丽丝轻声说。她伸手稍稍冲学校挥了挥，"可那里的一切对我来说都难以忍受，你知道吗……一切。我和所有人都不一样。"她最后说道，"我在学校里就是个异类，永远都不合群。"

"不。"我回道，"你现在不是了，我也不合群。"

他听到他们在说话。

他们以为他听不到，可他已经彻底醒了。在他轻轻走到楼下想喝点儿水的时候，忍不住就听到了他们的话。自从升入初中以来，他都睡得不太好。虽然他适应得还不错，但初中生活对他来说变化巨大，并且充满压力，而且现在足球给他的压力也越来越大了。下周在布莱顿有一场重要的联赛，大家都在议论纷纷，说那场比赛会有球探去看。爸爸对此很兴奋，可他只觉得焦虑。

要是他踢砸了怎么办？要是他让所有人都失望了怎么办？他站在客厅的门外，犹豫着是该出声提醒一下他们，还是干脆直接推门而入。他们压低的嗓音显然反映了他们在讨论的事情很严重。妈妈接下来的话让他彻底僵在原地。

"别告诉阿尔菲，先别让他知道。我不想让他担心。"

他握紧了拳头。担心？担心什么？现在不是一切都好

了吗?

"好吧。"爸爸回道,"毕竟他现在也有很多事情要忙,又是足球训练,还要适应学校……"

"没错。"妈妈的声音听起来有点儿沙哑,"我不想影响他。我想让他把握住机会……千万不能因为我……"

她的声音断断续续,他觉得自己心都揪了起来。她哭了。

"怎么办——万一我……"妈妈哽咽着说。

爸爸坚定的声音响了起来:"别那么说,情况到底怎么样我们还不知道。"

"我明白。"她缓过气轻声地说,"可是检查结果看起来不乐观,对不对?"

客厅里一阵沉默。那种沉默厚重得仿佛有实体一般,压得他快喘不过气来。

"我还以为自己治好了。"她抽泣着说。

"别这样。"爸爸哀求道,"你……别这样……"

他站在关着的门外,两眼无神地盯着某处,耳边传来父母哽咽的哭声。他不知道自己到底在那儿站了多久,也不知道自己最后是怎么回到楼上的,但那个晚上他一夜没睡。

他知道他妈妈的保证无效了,她要离开他了。

她要离开他们俩了。他往后该怎么办?

# 第十四章

"我真不明白你到底怎么了。"

爸爸一副心力交瘁的样子，我也不知道该说些什么。这次不同的是，我没有生他的气，我只是觉得又尴尬又傻，以至于我根本不想站在他旁边，在他旁边让我感觉更难堪。

"你就没什么要说的吗？随便什么都行？"爸爸又问道。

我扑通往沙发上一靠，眼睛黏在手机上让自己不用看着他，然后说："没，没什么好说的。"

"那我说，你先是请假去外边乱逛，接着又来这么一出，冲着学校的理事大放厥词。阿尔菲……你到底为什么要这样？"他在我面前来回踱着步子说，"你该知道学业有多重要，你不能拿自己的一辈子胡来。"

"我只是休息了一天而已，没什么大不了的。"我不耐烦地说。

"真是这样吗？真的？我不知道该怎么去相信你，你变化太大了，不单是这一次，包括你的情绪问题，还有你的足球……"

我猛地抬头看着他。"踢球的事不一样。"我大声说道。

"是吗？"他的声音比平时软了很多，让我很不习惯，"足球曾经是你的一切，是你那么热爱的运动，可后来你就这么放弃了。"

"我现在长大了，不喜欢了。"我讪讪地说。

"我一点儿也不相信你说的是实话，对吗，阿尔菲？"

我们凝视着彼此的眼睛，这是我第一次觉得他希望我能多说一些。可我能说什么呢？我想说的太多了。有太多话积在我心里，让我都不知道该从何说起。一旦我开口，可能就再也停不下来。

最后，爸爸难过地摇摇头，扭开了脸。

"我明白了，我知道你为什么放弃了，因为你觉得自己再也不可能获得快乐。"

"那你自己呢，爸爸，你不也一样吗？"我反唇相讥，

"你上一次看比赛是什么时候的事了？"

他的脸拉了下来，说："我们说的是你的事。"

"可我说的是事实，不是吗？你看不出来吗？我们俩都一样。"

"阿尔菲，我不是来和你讨论我的情况的，你让我很担心。"

我握着手机从沙发上跳了起来："你根本什么都不懂，是不是？"

爸爸扭头两眼冒火地看着我，说："是，阿尔菲！我可能是不懂，但是我在努力……"

"努力？是吗？那你可能努力得还不够。"

我再也受不了和他待在同一个房间里，于是我选择离开。就在我往外走的时候，爸爸在我身后大喊。

"我努力了，阿尔菲，我一直在努力想要帮你。"

帮我？真的吗？

我之前需要他的时候他到哪里去了？

他永远都帮不了我。

他就连自己都帮不了。


我只用了几分钟就把房间里搞得一片狼藉。我不知道自

己到底在干什么，我掀翻了床垫，踢倒了垃圾桶，虽然这么做很傻、很幼稚，但我的愤怒需要有地方发泄。接下来遭殃的是那些奖杯，我把它们一个个拿起来，从敞开的窗户扔进我们那无人再去的后花园。大多数奖杯都掉进了草丛里，但有一个——我的年度最佳球员奖，恰好落到了妈妈种的向日葵旁边。这一幕让我彻底失去了发泄带来的满足感。

我讨厌那些奖杯，就连想到它们还在花园里都让我心烦。我不想再看到它们，它们是属于过去的，属于曾经的我，而我知道我再也回不到曾经，因为事情怎么可能再回到从前的样子？

我怎么可能原谅自己？

我走出房间，几分钟后从家里摔门而出。我需要出去走走。爸爸肯定听到了我的动静，可他没有喊我回去。以我对他的了解，他现在肯定又把自己关在自己的世界里了，根本没时间来管我。

爸爸试图要和我沟通是事实，可他又一次半途而废也是事实，我不知道自己到底更在意哪个，我只是希望他可以把心里的想法尽情发泄出来，告诉我他到底在想什么。这有那么难吗？

他难道看不出来自己的变化有多大吗？

现在的爸爸只有一副空壳子，我没法儿和这样的他相处。我曾经熟悉的那个男人只剩下一个影子，变得我都不认识了，就像个陌生人一样。

我已经失去了妈妈，可有时我觉得，我像是连爸爸也失去了。

我走得很快，一路走过菜地、走过公园。我很清楚自己要去哪里：我要去找爱丽丝。

她是目前唯一一个看起来真实的人，唯一一个看起来和我一样愤怒又不合群的人。我走到她家那条路上的时候，四下打量了一圈那里的房子。这里是我小时候想要住的那种地方。这里的房子看上去都既别致又温馨，门前都带着气派的车道和门廊。就连这条路本身也比其他街道更漂亮，不仅路面上更干净、没有一点儿垃圾，路两边还整齐地栽着郁郁葱葱的树木。爱丽丝能住在这里可真幸运。

可当我走近她家的房子时，才发现那里和这条路上的其他房子截然不同。我之前从没这么近地观察过这栋房子。车道上铺的地砖破得坑坑洼洼，前花园里杂草丛生，房子的前门旁边还靠着两辆看起来快要报废的自行车。

我在房子外都能听到从里面传出的嘈杂声。那种声音

里混杂着各种不同的声音——有婴儿的哭声，成年人的叫喊声，还有震天的音乐声。

我慢慢走到那栋房子前，在它的大门边有一排贴着不同名字的门铃，而我这才傻里傻气地发现，自己竟然连爱丽丝姓什么都不知道。管他呢，我直接按下了第三户——卡特家。说不上为什么，我就感觉应该是这个。

对讲机里传来一个男人洪亮的应答声，由此证实我猜错了。

"你好，哪位？"

"不好意思，我是来找爱丽丝的，我按错门铃了。"我回道。

那边安静了一会儿，接着那个声音再次响起，而且轻了一些。

"是那个可怜的女孩吗？家里有很多小孩的那个？"

可怜的女孩？那听起来不太像爱丽丝。不过我想起了那天看到爱丽丝和她妈妈在等候室的样子。她家里肯定有小婴儿。

"是的。"我回道，"不好意思，我忘记她家是几号了，我是她的同学。"

那个声音又停顿了一下，像是在考虑我说的话是不是真的。

"你试试按第四户。"他最后说道。

哪怕对讲机那边已经明显没人了，我还是对他说了声谢谢。接着我不给自己反悔的机会，直接伸手按在从上往下数的第四个门铃上。

对讲机里毫无反应。

我站了一会儿，想着要不要再按一次。可那样会不会太没礼貌了？万一那个人告诉我的是错的呢？或者爱丽丝家这会儿没人呢？

就在我准备走的时候，对讲机吱的一声响起了一个女人的声音。在她说话的时候，我还听到了婴儿在后面的哭声。

"哪位？"

那个声音很尖锐，一点儿也不友好。我清了清嗓子，开始觉得不安，或许这么做不是什么好主意。

"我是来找爱丽丝的，我叫阿尔菲。"我回道。

对讲机那边又没了声音，于是我抬头望向那些窗户，猜测到底哪一扇是爱丽丝的家。那些窗户的窗帘都拉得严严实实，仿佛整栋房子都与世隔绝。

最后，对讲机里又响起了杂音。

"上来吧，我们在三楼，第四间。记得把鞋擦干净再

进来。"

门禁吱地开了，于是我有些困惑地拉开了那扇沉重的大门。

房子里的灯光有些奇怪，显得又黑又压抑。我想是因为所有的门都关着才会这样吧。这个在我想象中曾经特别富丽堂皇的门厅，不但被剥夺了光彩，就连地毯都被拿走了，我闻到一股潮湿的霉味。我顺着那道木楼梯爬上三楼，整个房子似乎逐渐活了起来，仿佛每个房间都有了心跳：人们在里面的活动，发出各种高高低低的声音。想到那些各不相同的人分别挤在这栋房子的不同地方，让我产生一种很奇怪的感觉，一种非常孤独的感觉。

第四间在楼层左边，它的门上钉着一个小小的黄铜门牌号，外面放着一辆锈迹斑斑的滑板车和一排橡胶雨靴。我走过去，小心翼翼地在门上敲了敲。门很快就开了，不过开门的人只开了一条几厘米的缝向外打量着，我从那里勉强能看出一只蓝色的眼睛和脸上的斑点。

"你过来让我看清楚。你是自己来的吗？"那个声音问道。

我迎着她的视线走过去让她看得更清楚。"我是自己来的，就我一个人。"我回道。

门稍微拉开了一些，我终于能看清楚她——那个我以为是爱丽丝妈妈的女人的样子。她穿得很随意，下身套着一条肥大的牛仔裤，上身罩着一件超大的奶白色套头衫，黑色的头发乱糟糟地盘成一团顶在脑袋上。她看起来和爱丽丝有点儿像，只不过比她胖，皮肤看起来也更暗一些。她的眼睛下面有明显的黑眼圈，额头上的皱纹深得像是刻上去的一样。她身后还背着一个穿着粉色纸尿裤的小婴儿。

　　"你就是阿尔菲？"她上下打量着我问道，"你是爱丽丝的朋友？"

　　我有些别扭地动了动，回道："差不多可以这么说吧。"

　　她吸了口气，说道："那你进来吧。"

　　于是我照做了。从门口走进去的时候，我以为自己会进到门厅，但结果我直接就进到了一个像卧室的房间里，而那里就是他们整个家。这个房间的一边摆着张双人床，另一边放着张沙发床，在窗户下还有个婴儿床。除了一个小五斗橱和一个破旧的衣柜，这个房间里可以说什么都没有。

　　在那张沙发床上，有一个小男孩正在看漫画。我猜他五六岁的样子，我一进来他就抬起头盯着我看。他抿着的嘴巴和又大又明亮的眼睛简直和爱丽丝一模一样。

　　可这个房间里却丝毫看不出爱丽丝的痕迹。

　　她妈妈发现了我的打量。"那是亨利。"她介绍道，"打个招呼，亨利。这是阿尔菲，是爱丽丝的朋友。"

　　亨利睁大眼睛看着我。"你喜欢足球吗？我喜欢。"他举着手里的漫画问我。那是一本和足球有关的漫画，我以前也买过。

　　我耸了耸肩回道："嗯，我也喜欢。"

　　亨利咧着嘴笑道："你能陪我踢球吗？"

　　"亨利！"爱丽丝的妈妈瞪了他一眼，然后转头看着我说，"不好意思，他就是在房间里待得太无聊了，爱丽丝不在，我也没法儿带他出去。"

　　"爱丽丝去哪儿了？"我问道。

　　她妈妈垂下了眼睛，这时我突然发现她似乎特别年轻，比我妈妈要年轻多了。她的打扮看起来几乎和六年级的学生差不多。

　　"我不知道。"她说道，"我从来没知道过。我反而还要你来帮我找她。"

　　接着，她突然泪流满面。

他们站在大海前。那是一个寒冷的冬天，冷风刺痛他的皮肤，让他眼泪汪汪。他们孤零零地站在那里，完全不受任何打扰。的确，他们方圆几里一个人都没有，除了他们，就只有咆哮的灰色大海和几只看起来饥肠辘辘的海鸥。

她紧紧地裹着一件厚厚的棉大衣，整个人像是埋在了衣服里。她的手，苍白又纤细，紧紧地抓在黑色栏杆上。她这次没有涂指甲油，整个人似乎都失去了颜色，只剩下一片灰白。他转头看着妈妈，在她回看过来时努力不让自己哭出来。他如今已经能清晰地看出她的病情了。她失去光泽的皮肤、干燥的嘴唇，还有她充满悲伤的眼睛，无一不是在向他宣告。

她就像一个气息微弱的游魂，而他注定要失去她。

轻轻地，她开始低声唱了起来：

"伤寒夺去她的呼吸，

没人能挽救她的生命，

　　而那就是甜美的莫莉·玛珑的结局。

　　但她的亡魂推着独轮车，

　　依旧穿梭在大街和小巷，

　　喊着：'青口和牡蛎，新鲜啊，还是活的！'"

　　那些歌词刺痛了他的耳朵，他听不下去转身离开——离开她的声音，离开那些甜美到残酷的歌词。

　　在他跌跌撞撞地走开时，那些歌词一遍又一遍地在他疲惫的心灵里响起。

　　"没人能挽救她的生命。"

　　没有人。

# 第十五章

当一个你不认识的人，尤其还是个大人，在你面前哭的时候，这其实是件有点儿尴尬的事。我向来不太会应对这种情况。我发现自己站在那里完全不知道该说些什么，只想着要是有餐巾纸之类的东西能给她就好了。不过现实中真的会有人这么做吗？

"你还好吗？"我思来想去，最后蹩脚地说了一句。

爱丽丝的妈妈眼眶通红地看着我，她坐在床边，缓缓地摇晃着怀里的婴儿。我想这个动作或许让他们俩都能获得一点儿安慰。她鼻子里呼出了个鼻涕泡，我发现后尴尬地立马看向别处。

我为什么要来这里？我到底是怎么想的？

"抱歉。"她开口说道，然后用手背擦了一下鼻涕。虽然那有点儿恶心，但至少把鼻涕擦掉了。"我不应该难过成那样的。我只是觉得有点儿累，没什么的。"

我点点头，疲惫是我能感同身受的东西。

"我也睡不好。"我回道。

她眼睛睁大了些，说："那种感觉很难受，对不对？再没比那更难受的事了。我脑子里一刻都停不下来，好不容易有点儿睡意，某个家伙又醒了……"她冲怀里的婴儿点了点下巴，"我不知道该怎么形容……感觉自己整个人都麻木了。"

"你要照顾这么多孩子，一定很辛苦。"我说道。

她叹了口气道："是啊，太辛苦了。"

之后我们又陷入了沉默。爱丽丝的妈妈再次摇着怀里的婴儿，在他耳边轻哼起来。亨利呆呆地盯着我，显然对眼前的一切有些困惑不解。但困惑的不只是他而已。我对他笑了笑，然后错开了目光。

"我只是想见爱丽丝。"我最后说道。

我的话其实不对，准确地说我不是想见她，我只是想和她待在一起。至少我是这么认为的。

"她在家里吼了一通。"亨利突然眼神一亮开口说道，"她对妈妈说了脏话，然后就跑了，还把门摔得砰砰响。"

我看到爱丽丝的妈妈脸红了。"亨利！她只是生气了。我想，你作为她的朋友，或许会知道她去哪里了？"

我有些不好受，我要是能帮得上忙就好了。"不，抱歉——我也不知道……"

她稍稍颓下身子往后靠了靠。"你估计也知道，我们刚搬来这里没多久，爱丽丝还没适应。她一向都不喜欢改变。"

"我们不得不搬，因为我爸爸太坏了。"亨利插嘴说。

"够了，亨利。"爱丽丝的妈妈一手按在他腿上说，"爱丽丝的朋友不需要知道得那么清楚。"

她说得没错，我不需要知道，但是我想知道。爱丽丝什么都不愿说，我对她的情况一无所知。我发现我真的很想知道她的事。

"爱丽丝只是不想离开伦敦。"她妈妈盯着我说，"我知道这里环境不好，但这是一个新的开始，而且我们很快就有希望能住进自己的公寓里。"

我再次点了点头，不知该说什么好。

这个房间又小又挤，不但潮湿而且灯光昏暗。我能看得出来为什么爱丽丝会想一直待在外面，换成我也会这样的。

"她摔上门就走了？"我最后问道。

　　她妈妈点了点头。"是啊，她又在学校里闯祸了……那孩子，我不知道她为什么就不能有一刻让人省心的时候。"说到这儿，她顿了一下，"等等，他们说她和另一个学生一起，是不是就是你？"

　　我脸红地承认道："是的。"

　　还有撒谎的必要吗？反正我已经背了这个黑锅。

　　她妈妈的脸色严肃了起来。"阿尔菲，我说实话，她必须远离像你这样会把她带坏的朋友，对不对？爱丽丝好不容易有了重新开始的机会，你不能再拖累她。"

　　拖累她？她是认真的吗？我忍不住哼了一声。

　　"我没有拖累爱丽丝。"我发觉自己的声音突然大了许多，"我是想帮她。"

　　爱丽丝的妈妈在床上动了动，我注意到她有些发抖。她把怀里的婴儿抱得更紧了些。

　　"我很抱歉，阿尔菲，我不应该那么说。"

　　她的声音细若蚊蚋，像是突然被抽光了所有的力气。

　　"别担心。"我平静地说着，然后朝门口走去，"我会帮你找到爱丽丝，让她回家的。但你必须相信，我没有拖累她。那些事，似乎都是她自己要去干的。"

一开始，他是不想去的，那种感觉太不对了。所有的事都发生得太快，快到失去了控制。可是爷爷说服了他。

"她想要见你，阿尔菲。我知道你很害怕，但是努力克服一下，不管怎样她都是你的妈妈。"

他们俩都站在客厅里，望着屋外的花园。冬天已经来了，屋外的树枝和树叶上都结了一层厚厚的白霜，整个花园看起来像变了个样子，仿佛中了冰封的咒语。

那些向日葵毫无疑问早就枯萎了。它们重新落回泥土里，准备等天气回暖时再次发芽生长。可他很想念它们，他想看到那些金黄色的花瓣，想看到它们对他憨憨地点头，想看到它们让自己安心。

爷爷伸手搂住了他的肩膀。

"去吧，孩子。你爸爸在车上等你。"

爸爸在外面，他总是不和他们待在一起。他最近几乎都

没见到过他。爸爸不是在上班就是在那个地方探视妈妈，但如今无论他做什么都变得无比陌生，仿佛一个没有灵魂的傀儡。

他们一起往车那边走去。他看到爸爸坐在车前直愣愣地盯着前方，甚至连抬眼和他打个招呼都懒得做。很好，反正他也不想说话，他们之间已经无话可说了。他缩在车后座上，头靠着窗户，两眼盯着窗外。爸爸和爷爷一路上都在说话，但他一个字都没听，他对他们说了什么毫无兴趣。

临终安养院离他们家只有五分钟的车程。太近了，当他们停下来时，他觉得自己的心在不停地下沉，腿像是被钉在了座椅上。

他动弹不得。

他做不到。

那里是她最后待着的地方，是她等候死亡的地方。

她再也不会回来了。

爷爷从座位上转过身，对他说："没事的，给自己点儿时间。"

可爸爸已经解开了安全带，他大声叹了口气，然后拨了一下自己的头发。"别再哭哭啼啼了。"他压着嗓子说完后打开了车门，"你得为了她坚强。"

爸爸说完砰的一声用力甩上车门，力气大得整个车都摇晃起来。

他看着爸爸朝着安养院的大门走去，没有转身，没有回头看过一眼。爸爸要去那里，无论有没有他一起。

爸爸根本不在意。

"他心里不好受。"爷爷轻声说，"那不是针对你的。"

可是他知道，那就是针对他的，因为他让他们失望了，因为他不够坚强。

可他控制不了自己。

他一动不动地坐在车上，像是被永远冻在了那里。

# 第十六章

不知道为什么，我知道她会在哪里。尽管她没资格待在那儿，待在属于我妈妈的、也是我最喜欢的地方，那种感觉就像是她偷走了属于我们的东西。她倚在栏杆上头稍稍往前倾着，海风迎面托起她的头发四处挥舞。不过她似乎毫不在意，几乎一动不动地站在原地。

"爱丽丝？"我叫着她的名字小心翼翼地靠近她，像是把她当成了某种野生小动物，生怕把她吓跑。

她稍微把头转过来些，让我看清了她冻得通红的两颊和微翘的嘴角，她迎着风眼睛半开半合。

"你来这里干什么？"她问道。

“来找你。”

我顶着风站到她旁边，然后深深地吸了一口带着咸味的空气。妈妈以前总说这儿能让人头脑清醒，消除所有的烦恼。

“找我？”爱丽丝拖着声音像是在回味我的话，“这可真好玩儿。”

“哪里好玩儿了？”

“我只是想知道为什么，没别的意思。”她又把头转开了，“你这么做有什么目的？”

我不知道该怎么回答这个问题。我有什么目的吗？我觉得我想和她待在一起，但这听起来太奇怪了，而且我也不想承认。

“我去了你家。”我说道，“你妈妈不知道你去哪儿了。”

爱丽丝离开栏杆站直了身子，然后彻底转过身一手拨开脸上的头发看着我。她脸上现在没了笑容，看起来很生气。

“你去了我家？你为什么要去？”

“我也不知道，我只是想……”我后知后觉地发现我根本不知道自己那时在想什么。我到底为什么要去她家？“我不知道……”我只能干巴巴地重复这句。

“谁让你去我家的。”她厉声喝道。我之前见过她生气的样子——那时她失控得火冒三丈——但这次不一样。

"怎么了？"我问道，"这有什么大不了的？"

"没什么大不了的。"她摇着头说，"拜托你现在赶紧走吧。我来这里是因为想一个人待会儿。"

"你说的是真的吗？我刚过来的时候你还很高兴见到我的样子，为什么突然变了？"

她唰地转头看向大海，两臂交叉抱住自己。她显然是在生气我去了她家。我越想越意识到，我不该那样直接去她家敲门。因为她之前甚至有意不让我靠近那里，我早该看出她的意思的。

"听着，我很抱歉去了你家，是我做错了，我以为你会在家。我在家待得很无聊，我只是……我只是想去找你一起出来走走……"

她还是不愿看我，但我看得出来她在听我说话。

"你妈妈对我非常友好。"我继续说，"而且我也没在那里待多久……"我叹了口气，感觉自己又蠢又尴尬，"她看起来很难过的样子，她很担心你，又不知道你在哪里。"

"我妈妈怎么样不关你的事。"爱丽丝打断我的话，她仍旧面向大海不愿看我。

"我只是有点儿可怜她。"我小心翼翼地说。

"可怜她？"爱丽丝像一个被点燃的炮仗一样，话里充满了火药味，"你根本对她一无所知。是，她担心我，她只在她觉得合适的时候才会担心我。"

我摇了摇头："抱歉，爱丽丝。我不知道你们之间发生了什么事。"

她哈了一声，似笑非笑地说："你只需要知道，这一切都是我妈妈自找的。就因为她一段又一段失败的恋情，我们过了好几年流离失所的日子。你知道吗，她上一任男友把她打得遍体鳞伤，那次我甚至不得不叫车送她去医院，可我当时连车费都付不起。而她现在每天都还在担心他会找到我们。是啊，她也会担心我，可我受不了再和她待在一起。我讨厌我的生活，我厌恶这种日子，我恨我们现在这副样子。我甚至都不能说我担心自己上学的事，毕竟只要她一害怕我们就得搬走，所以说了又有什么意义呢？"

"对不起。"我垂下眼睛说道，"我真的很抱歉，我之前不知道这些。"

"你从来没问过！我知道你和他们一样都看不起我，觉得我就是个废物。你只知道陷在自己的世界里，盯着自己的那些问题，根本看不到这个世界上生活不完美的不止你一个。"

我说不出话来，也不知道该说什么。没错，她说得对。

我从来没花心思去考虑她的生活，或者其他任何人的生活。我只是告诉自己她过得不好，然后就再也不愿多想。我完全沉浸在自己的世界中，对她的生活甚至连问都懒得问。

"对不起。"她说道，"我知道你妈妈最近去世了。那确实让人很难过，可你游荡在路上，那种像是彻底放弃了一切的样子，我真的无法理解。我不明白那样能有什么用。"

"你不懂……"我讷讷地说。

她耸耸肩，说道："是，或许我是不懂，但那也正是我们的不同之处。我的生活让我没法儿停下来，我只能不停地往前走。我不能让自己被这样的生活吞没，让自己感觉越来越糟。"

"可是一直逃避就真的管用吗？"我问道。我没有任何讽刺的意思，我是真心实意地想知道。"你身上肯定还有点儿像她的地方吧？像你的妈妈。"

我轻轻地把手放在她的肩上，她身子缩了一下，但没把我甩开。

"我是你的朋友，爱丽丝。"我说道，这也是我第一次意识到这是千真万确的事实。她的生活一团糟，没错——我也一样，但在某种程度上，我们一直陪伴着对方。所以她是我的朋友，而我也很关心她。

爱丽丝一言不发，但我感觉到她的肩膀松弛了一些。

"我知道我一直以来都陷在自己的世界里，但我这次是为你而来的。"我平静地说完后，看着她慢慢转过了脸。我看到她那双又红又大的眼睛里噙满了泪水，然后那些眼泪溢出眼眶，在她脸上淌成两道水痕。

"真的吗？"她说。

"嗯，真的。"

她侧过头靠在我的手背上。"谢谢你。"她轻声说。

我们走到海滩上，在那些鹅卵石上坐下。我们之间流淌着一种很舒服的感觉，那种感觉有点儿难以形容，不过我看得出爱丽丝的表现有所不同——不知怎么的，她变得更加平静，或许也更加悲伤了。她平日那种表现出来的自信像是被冲得一干二净，将她之前掩盖在自信之下的所有情绪都暴露出来了。她坐在我旁边陷入沉思，她的双手紧紧环抱着膝盖，身子迎着微风轻晃。

"要不要把我的外套给你？"我问道。

我还记得我们第一次见面时，我是怎么因为她只穿了一件薄夹克衫而在心里对她评头论足的。我当时怎么就那么傻？如果我知道她过着居无定所——和全家人住在一个房间的情况，我或许不会那么快就给她打上标签。可能也未必，在不

了解她所面对的一切之前，她的样子太容易让人指指点点了。

她摇了摇头，说："我不冷。"

"你想吃点儿什么吗？"

她又摇了摇头。

"那喝点儿什么？"

她转头看向我，眼神明亮地说："别瞎操心了，阿尔菲。我没事。"

我们静静地坐了一会儿，然后爱丽丝再次转头看向我。

"你之前说的是认真的吗，就是和我是朋友的那些？"

我点了点头。当然，当然了，我是认真的。

她把头发从脸上拨开。

"你明天想和我待一会儿吗？我是说，我可能明早还是得帮忙照顾那些小孩，但我们可以在稍微晚点儿的时候见面？"说到这儿她沉起了脸，"你明天应该没什么重要的事吧？"

重要的事？认真的吗？她简直在开玩笑。当然，我以前的周末排满了各种训练、比赛，偶尔还要参加一些联赛。

但现在，周末对我来说漫长又无聊。

"一言为定。"我说道。

我喜欢看到她对我露出笑容的样子。

他努力表现得好像一切都没变的样子。

无论是在家里、学校，还是和朋友相处，只要他表现得像是什么都没变的样子，或许就真的会没事的，或许他的生活就能继续维持原状。爸爸会过得轻松快乐，妈妈会从那个可怕的安养院里回家来，他会看到她坐在花园里轻声歌唱。

他们家会再次恢复正常，一切正常。

那样他就不用一直想那些事了。那些念头一冒出来，他就难过得像五脏六腑都要被生生扯出来似的，让他身体发沉，头疼欲裂。他不能让那些想法占据上风，他害怕一旦这样，他的整个生活都无法再继续了。

只要他能表现得正常，只要他在脸上挂着笑容坚持下去，一切就会好起来的。可是爸爸几乎不回家了，而且他在家时或许和不在也没什么两样。爸爸不想说话，不想被打扰，所以他们都各自做着自己的事情，互不理睬。他们希望那个可怕

的问题能就这样自己消失。

他走到学校，还没听到本叫他，就意外地被这个跑到他身边的男孩一把拉住了胳膊。很久之前，他们是很好的朋友，直到有一天他们突然变得陌生起来。他看着本短短的头发和明亮的眼睛，疑惑他想要干什么？

"嘿！"本说道，"你竟然上学迟到了，这可不像你的作风。"

他迟疑地点了点头。本说得没错，他这些天走路用的时间似乎变长了，起床也变得更困难。有些早晨他只能躺在床上，意识清醒地想着自己能否面对这一天。哪怕阳光已经透过窗户洒了进来，他的房间也似乎依旧笼罩在黑暗之中。他过去经常早早地起床出门——去和其他人一起在山顶的球场踢球，但如今他几乎连动都不想动了。

"我有点儿不舒服。"他对本说。本安静了一会儿，什么也没说，接着他突然从嘴里冒出了一大串话。

"阿尔菲，我听说你妈妈的事了，她生病了，对吗？我真的很难过，她人那么好，我还记得她以前常在夏天给我们做冰棍。我不知道该不该说这些，我知道其他人都没说什么——但是，我不知道……我只是想，你知道的……"

他盯着本，有些不习惯听到别人谈起这件事。一直以来，

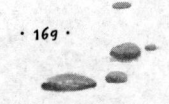

所有人都对此三缄其口。

　　"不管怎样……"本继续说道，"我只是想说，发生这种事真的太让人难以接受了。"

　　他点了点头，回道："是的，确实。"

　　本叹了口气："我知道你现在和科尔还有球队那群人在一块儿玩，但只要你有需要……别忘了，我一直都在。"

　　他想到了自己一起踢球的朋友，想到了他们放肆地打闹、相互取笑以及持续不断的竞争，他怀疑他们当中根本就没人知道或者真的关心他此刻正在经历什么。他觉得他们再也不算是什么朋友了。

　　"谢谢你，本，我真的很感激。"他说道。

　　本对他笑了笑，说："还会有人陪着你的，阿尔菲，千万别忘了这点。"

　　可问题是，他真的忘了。

# 第十七章

　　我回到家的时候已经七点多了，肚子饿得要命。对于爸爸在这个时间不在家，我已经见怪不怪了。他可能去了酒吧，或者去了他的朋友——布莱恩家。他显然喜欢待在除家以外的任何地方。我顿时感到一阵悲哀。这个样子还能改变吗？

　　我去厨房里拿了些吃的，然后看到爸爸在焖烧锅里留了一些炖菜。

　　锅旁边的字条上写着："我不会太晚回家，你一定要吃东西。我们晚点儿要再谈谈。"

　　我任由那坨烂兮兮的棕色东西凝固在锅里，然后找了些面包和奶酪出来，接着我突然就觉得不那么饿了。我走过客厅的时候朝里面看了看。现在我们几乎都不进那里了，我基本上只待在我的卧室里，而爸爸待在他的卧室里，所以客厅常常维持着一副基本没用过的样子。但我看得出里面显然已经很久没打扫过了，不但到处都是灰尘，天花板上还挂着许多蜘蛛网，闻上去有一股奇怪的霉味，让人恨不得马上开窗透气。妈妈还活着的时候家里一直都打扫得干干净净，她一定不喜欢看到这个样子。

我的目光随即落在摆在壁炉台的那些照片上。那里有一张妈妈和爸爸婚礼当天拍的照片，上面的他们看起来是那么高兴。妈妈穿着一件巨大裙摆的白色连衣裙，梳着又大又蓬松的发髻，眼里闪着幸福的光芒。而爸爸呢，爸爸看起来也很不一样，比平时要柔和得多。他定睛在妈妈身上，仿佛眼里除了她什么都看不见。

在那张照片旁边还摆着另一张照片，一张我们一家三口的合照。我还记得拍那张照片时的情景——当时我还很小，妈妈请来的专业摄影师让我们在花园里摆好姿势。爸爸当时埋怨着嫌浪费时间，而妈妈一直笑呵呵地拍他让他别那么没耐心。照片上的他蹲在我们后面开怀大笑，是他很少见的模样；妈妈看起来美丽大方，一头金色长发闪闪发亮；她的两只手臂环抱在我的腰上，像是永远不会放开。

　　我想起她第一次确诊就是在拍完这张照片的几周后。

　　这张照片是在一切都还很好的时候拍的，那时我们真的过得很幸福。

　　要是能回到过去，我一定会告诉那时的我要牢牢抓住那个时刻，去好好享受幸福还在延续的时光，因为，那样的时光持续不了多久。

　　任何事都持续不了多久。

　　我打了个盹儿睡着了，直到身边手机嗡嗡的振动声把我吵醒。刚醒的那几秒里，我有些不知身在何处的感觉。我花了好一会儿才在半明半暗的光线中认出自己在客厅。我刚才就在沙发上睡着了。

　　我盯着周围的阴影，意识还在半睡半醒间。我过去生活中的某些部分仿佛正在变得越来越陌生，它们深深扎根在过去，随着日子一天天过去变得离我越来越遥远。我在沙发上动了动，脖子上顿时一阵抽痛，显然刚才的睡姿不太好。我揉了揉痛的地方，感觉到那里紧绷的肌肉在皮肤下一跳一跳的，又麻又胀。

　　我伸手拿起手机，心想或许是爸爸发来的（是啊，我还抱着这种期望），要不就是爱丽丝来问明天安排的。我扫了一眼信息，心里十分惊讶。发信息的人不是爱丽丝，也不是爸爸，而是科尔。

嘿——好久没一起踢球了。我和那群家伙明早去球场，有兴趣来踢一场吗？

我盯着那条信息，不知道自己对此到底是什么感觉。这不像科尔的作风。自从妈妈去世后，他和我的相处就变得奇怪起来。我想他是不知道该怎么应对所发生的一切吧。科尔不是一个适合谈心的对象，而我很清楚这点。即便如此，我也没想到他会好几个月都不给我发信息——他一直躲着我，仿佛我有什么病一样，所以这条信息让我觉得很新鲜。

我的手指在屏幕上犹豫不决。我已经很久没踢过球了，现在就连想到这件事都让我觉得难受。我还能再继续踢球吗？我最后一次踢球就是在那天，那个糟得不能再糟的一天，那个妈妈……

……妈妈去世的那天。

但这次应该不一样，我心想。这次应该只是随便玩玩。

这时我胃里抽搐了一下，但我毫不在意。我真的很想念足球。

可是，现在已经不一样了。我又盯着屏幕看了一会儿，最终打出了我的回复。

**抱歉科尔，我没空。**

他很快就回了信息，或许他一直在等着我回复。我敢打赌他早就料到我会这么回的。

**没事，那就改天吧。要踢的话随时给我发信息。**

我自言自语地点点头。行啊。改天……

我回头看着那张妈妈、爸爸和我在一起的照片，感觉眼眶变得越来越酸。我咽了一下口水，然后又咽了一下，接着用力眨了眨眼睛。我不会崩溃的，我不能崩溃，起码不是在今天。

我迅速起身走到那张照片前。我再也受不了看到我们三个笑得那么蠢的样子。那张照片就像在嘲笑我，它让我看到我们曾经那么幸福的样子，然后告诉我再也不会有那样的时候了。这真的太残忍、太不公平了。我猛地用胳膊扫向壁炉台，把上面所有的东西往地上一挥，听着它们噼里啪啦地摔在地上。我往后退的时候感觉脚下踩到了一个相框，于是用力一脚把它踢到了房间对面。我不知道该如何控制自己的情绪，我只想让它从我眼前消失，让这一切都消失。

我受不了再去回忆曾经的一切有多么美好。

而现在却再也回不到从前了。

*

爸爸直到十一点后才回家，那时我已经回到自己的房间了。他连动作轻点儿的意识都没有——他砰的一声甩上前门，踩着脚走上楼，然后在卫生间里弄出一堆噪声。

之后他敲响了我的房门。"阿尔菲？你睡了吗？"

假装睡了没有任何意义，爸爸现在已经知道了我失眠的事。我走过去把门打开，然后坐回床上。

他跟着我走进了房间。他的样子有些邋遢，T恤皱巴巴地一半塞在牛仔裤里一半露在外面，那条裤子样子有点儿奇怪地挂在他腰上。他是瘦了吗？他揉了揉自己剃光的脑袋，我从他身上闻到了一股啤酒味。

"你之前不该就这么出去，我连你去哪儿了都不知道。"

我低下头说道："对不起，爸爸。我就是想出去走走。"

"我不能让你……我不能让你变成这样……"他的话含糊不清，仿佛堵在嘴里出不来。爸爸不常喝酒，所以看到他

这个样子感觉真的很奇怪。他身体轻微摇晃了一下，然后用力眨眨眼看着我。他伸手扶在床尾让自己保持住平衡。

"对不起。"我又说了一遍。我是认真的，我真的知道自己错了。

他摇着头，说："这很难……真的太难了。你不知道，你不知道那是什么感觉。我尽力了，儿子。我真的尽力了……"他的话哽在喉咙里，我抬头看去，发现他布满血丝的眼睛盈着泪水。

"没事的，爸爸。"我说道。

"不……不，不会没事的。我代替不了她，我代替不了！"他砰的一拳捶在床上，整张床抖了抖。他提高嗓门儿颤抖着说："我代替不了你妈妈。我想做到的，我真的很想……"

"爸爸……"

他看着我，眼泪从他脸上淌了下来。他看起来是那么失落、那么伤心，让我觉得心都碎了。我从没见过他这个样子，我该怎么办？

"我做不到。"他继续说着，"没有她我真的做不到……"

我从床上站起来走到他面前。我不知道接下去该做什么。抱住他、告诉他我也有同样的感觉吗？我不知道。但我必须要做点儿什么。

我轻轻地伸出手，碰了碰他的胳膊。

爸爸愣住了。他两眼呆呆地看着我的眼睛，然后又低头看着我的手。我发觉自己在浑身发抖。

"我也很想她。"我轻声地说。

我感觉到他的手臂在颤动。他浑身发抖，喉咙里不住地喘着粗气，咽着唾沫来强忍住抽泣。

"爸爸？"我不知所措地说，"爸爸，你在……"

他仰起了头，满眼泪水。那些溢出来的眼泪歪歪扭扭地流过他的脸颊，流到他嘴边。他咽下去猛地抽了口气。

"阿尔菲。"他低声地说，"天哪，我真的好想她。"

他抱住我的头拉向自己的胸口。我听着他咚咚的心跳声，感受着他每一次抽泣时的颤抖。

"没事的，爸爸。"我对他说。

不知道为什么，仅仅就站在那儿，紧靠着他温暖、带着心跳的身体，我就感觉到莫大的安慰。我闭上了眼睛。

他还在这里。

我爸爸。

他还在。

那是我第一次看到他在我面前哭泣的样子。

他哭得仿佛永远都停不下来。

他到了那里。这一次他打算要做到，他要走进去。

他心上像打了个结，沉沉地坠在那里，但他不让自己多去理会。那只是心理作用，愚蠢的心理作用和害怕。那是他的妈妈——他妈妈！他不能一直逃避下去。

安养院里比他想象中的要明亮，而且闻起来有股清新干净的味道，和他预想的那种医院的味道不一样，这个味道不冷漠无情，反而热情友好。这里很平静，让人感到安宁。

他和爷爷走进门口时，有位护士和他们打了个招呼，问他们要不要喝点儿什么。她笑容满面地低头看着他，仿佛真的很高兴看到他来这里。

"你是阿尔菲，对吗？你妈妈看到你一定会很高兴——她说了很多关于你的事。"

他试着回以微笑。他知道那不是发自内心的笑容——那是他戴在脸上用来告诉所有人他很好的面具。

尽管他并不好受，一点儿也不好。

他不想去见她。

他用力咬住下唇。他不能有那种想法。爸爸对他之前拒绝来这儿已经表现得严厉——几乎是生气的地步。他必须停止这种自私的想法，他必须要把她放在第一位。

他们穿过宽敞的大厅时，经过了一架巨大的钢琴，那周围还摆着几张看起来很舒服的沙发。

"你愿意的话，随时都可以过去坐坐。"那个护士告诉他。接着她又咧嘴笑道："我叫夏洛蒂。我经常和你妈妈在一起，她是位平易近人的女士。"

他点了点头，觉得很骄傲，但一句话也说不出来，那个结在他心上越勒越紧。他感觉要是再紧下去，他的心都要被拧成一团了。

他做不到。

可他的双脚还在推着他往前，朝她的房间走去。夏洛蒂语气轻快地问了爸爸一些情况，爸爸礼貌地作答，而他一路上唯一想做的就是对着他们俩大喊：

闭嘴！闭嘴！闭嘴！

他吸了一口气，把手插进口袋里，试图把脑子里那种想法屏蔽掉。只要他的注意力就放在眼前的这一刻、这一秒，他

就能挺过去。他一脚前一脚后地数着步子。

现在，他的手放在了门上。

现在，他把门推开了。

现在，他走进了房间。

现在，他正看着妈妈。

妈妈……

他心里一松，整个人塌下来，悲伤迅速漫过他全身，让他觉得头晕恶心。她坐在床上朝他微笑，看起来很高兴。她的眼睛闪闪发亮，嘴角高高扬起，露出一个大大的笑容。

但他还是能看出她的不同。她脖子上的皮肤变得松弛，胳膊变得细弱，眼睛周围多了一圈灰色。

她整个人变得黯淡无光。

但在那一刻她依旧保持着神采飞扬。

她还是那个妈妈。

# 第十八章

　　星期六通常都很难熬。我讨厌周末，它们现在比上学的日子还要糟——曾经一晃而过的时光变得漫长无比。以前我周六上午训练，下午和队友去镇上或公园里玩；周日通常都要踢比赛，结束后就是我们一家的亲子时光，我们会去散步，去餐馆吃午餐，或者在沙滩玩一个下午。

　　后来，我们平稳、幸福的日子被毁了。也许是我们过得太好了，所以老天爷觉得要让我们受受挫折，而且不止一次，要两次。先是让妈妈得了癌症，接着又让她治好；就在我们有好几年的时间里都以为一切会好起来的时候，又突如其来地给了我们致命一击，再次用癌症把她打倒。这次的癌细胞彻底扩散到了她的全身，钻进了她的骨头，侵蚀了她的肝脏。仿佛老天爷就是要看她会如何应对，要看这个幸福的小家庭在失去了唯一的凝聚力后会发生什么。

我告诉你发生了什么吧：这个幸福的小家庭破裂了。

而且它无法被修复，因为我们没有了修复的工具。我们就像一条被扯断的链条两端，在空中摇来晃去不知如何是好。

我们彻底迷失了。


在我吃早饭的时候，本给我发了信息，问我想不想和他还有他几个朋友一起去镇上玩。我猜那些人都是学校音乐小组的。他们看起来人都不错，但我就是觉得自己没法儿融入他们——而且一想到要像个可怜的跟屁虫一样四处游荡，就感觉这比让我一个人待着更难受。于是我拒绝了，不过我很高兴他能来问我。

可能是因为宿醉，爸爸几乎没怎么说话。他坐在我对面，一边喝茶一边看手机。我看得出来他很累。他耷拉着眼睛，脸色苍白，看上去就像是好几个月没睡觉一样。

"昨晚我很抱歉。"他揉着脸轻声说，"我和朋友喝得太多了，你知道的……我不是故意要这么……"

他声音渐渐沉了下去。

我靠在椅背上，看着他的眼睛说："没事的，爸爸，真的。"

我们对视着彼此。我看到他的目光背后有什么东西在闪烁，那些东西告诉我他明白我在说什么。

没事的，爸爸。你哭了，那又怎样呢？

我很高兴你这么做了。

我想让你这么做。

我把空盘子推到一边。"我等会儿可能会出去。"我对他说，"可以吗？"

"可以吧……"他抬头看着我稍微笑了笑，"你打算出去做什么？"

"我不知道。我本来要去见爱丽丝的，不过那要晚一点儿。我可能就只是先出去走走。"

他点了点头："听起来不错。不过我在想，也许……"他咳嗽了一下，像是在紧张什么的样子，"也许我们可以先一起做点儿什么？"

我们的视线在空中相遇，他的眼神现在柔和了许多，也平静了许多，和他曾经看我的样子是那么相似，让我几乎喜极而泣。

这是我爸爸，是我以前的爸爸。

"比如说？"我问道。

"我们可以去看场比赛。"他停顿了一下，留出时间让我考虑，"镇里的球队今天在主场比赛；他们提前有个开球仪式。我本来打算自己去的，会要待一会儿。实际上时间会蛮长的，所以我不知道你想不想去看。"

我皱起了眉头。我已经很久没看过我们镇球队的比赛了，但爸爸和我以前时不时就去他们的球场，尤其是我自己没比赛的时候。我喜欢以前那些寒冷的下午，我们会握着热巧克力在球场边为我们镇的球队加油打气，哪怕大多数时候他们都赢不了。

自从妈妈去世后，我们就再没这么做过。

"我不知道……"我讷讷地说。

那种不安的感觉还在折磨着我。我没法儿再装作从前的样子，很多事都变了。

爸爸上前轻轻地拍了拍我的手。

"来吧，儿子，就看场比赛而已，有什么关系呢？"他咧嘴一笑，"说不定你会喜欢的。"

我们站在过去常待的位置上，离中场线只有几排座位的距离。爸爸喜欢靠近赛场，哪怕那意味着在比赛中随时都有被球打到脸的风险。今天的球场比平时更热闹，我们周围的座位上已经坐了不少人。我还注意到整个看台的两端也几乎坐满了。

"今天的比赛很关键。"爸爸说，"他们必须赢了这场才能晋级。"

我点点头，像是早就知道的样子，但实际上我对此一无所知——意识到这点让我的五脏六腑都疼了起来。我已经有好几个月没关注过这方面的消息，突然觉得自己像是被抛弃了，因为这个世界没有我依旧在继续运转，其他所有人都在没有我的情况下继续生活。

现场的大多数人我们都认识，爸爸正在和坐在我们旁边的几个人聊天。这时，他突然轻轻推了我一下，用下巴朝我的方向点了点。

"这是我儿子，阿尔菲。"他告诉座位离他最近的那个人。他和爸爸差不多年纪，身材瘦削，有着一头乱糟糟的姜黄色头发。他旁边坐着个男孩，年纪看起来比我小一点儿，他全神贯注地玩着手机，一点儿搭理我们的意思都没有。

那个男人咧嘴一笑，向我们伸出手，说道："我叫托尼，这是我儿子，麦克斯。"

麦克斯抬起头，冲我们稍微弯了弯嘴角，然后又继续玩

他的手机。他和他爸爸一样瘦，也长着一样鲜艳的姜黄色头发。我好像在什么地方见过他。

"我们好久都没来看比赛了……"爸爸说，"回来的感觉真好。"

托尼哼了一声，搓了搓戴着手套的双手："我可兴奋不起来，这些家伙最近踢的这几场让人看得都来气。我家麦克斯的水平都快赶上他们了。"

麦克斯叹了口气，翻了个白眼。我突然想起来以前在哪儿见过他了。

"你是希斯菲尔德队的！"我来不及阻止自己就脱口而出。

麦克斯抬起头，像是第一次见到我一样，接着他瞪大了眼睛："哦，我的天哪——你是我们上个赛季踢过的那队的，库克布里奇对吧？你们简直让人难以置信，踢得我们毫无还手之力。"

我情不自禁地笑了："别这么说，那是场很艰难的比赛。"

他哈哈一笑，说："那倒也是，你们一直缠着我们不放，尤其是你。你只是表现得很轻松而已。"

我脸上有些发烫，回道："谢谢，但我没你说得那么厉害。"

至少现在不是了……

"你现在还踢吗？"他问道。

我耸了耸肩。"没。"我顿了一秒才接着道，"我受伤了。"

"啊！我也是！"他叹了口气，"我的小腿肌腱出了点儿毛病，你呢？"

"我膝盖伤了。"我说道。我第一个想到的理由就是这个。

"你是个了不起的球员。"他说道，"你知道吗？我们教练吼了我们一整场比赛，不停地让我们注意防你。可你总是让人防不胜防。"

"谢谢。"我只能这么回道。

麦克斯向我靠近了些，接着说道："但是我们比赛的时候是不是发生了什么？是你和你队友之间出什么事了吗？你……"

"没有。"我生硬地打断他，"什么事都没有。我因为受伤了，所以不得不下场，仅此而已。"

我流利地说着这些谎话，因为我不想对一个陌生人敞开心扉。

爸爸靠在位子上，阳光缓缓地从他脸上滑过。"阿尔菲也做得到。他的天赋是有目共睹的。"他转头对托尼说，"你知道吗？有一连串的选拔赛想让他参加，但为了准备两家大

型俱乐部的选拔，我们不得不谢绝了他们。"

托尼惊讶的样子让我觉得有些无地自容。

"是吗？那他已经在哪个职业球队里了吗？"

爸爸拍了拍我的胳膊，说道："他本来能去的，但他想再等一等。而且我们家里发生了很多事，你知道的，总之那个时机不对，去了的话会让他有很大的压力。"

这是真的吗？这一点儿也不像爸爸的风格，他从来不会这么坦然地提及这些事。我看着他，满脸惊讶，而他对我淡淡地笑了笑。

"我真的迫不及待地想看他重新踢球的样子。"他眼睛紧紧地看着我说道，"我想那会让我们俩都高兴起来。"

我心里涌起了一丝波澜。

他想让我继续踢球。

我低下头，用力咽了口唾沫。那我呢？我自己想吗？

"我猜你一定很想念场上的感觉。"麦克斯像是有读心术似的对我说道，"你踢得那么好，这肯定是自然而然的事。"

"我过去大部分时间都在踢球。"我喃喃地说。

是的，我确实很想念球场上的感觉，真的很想。

这时，球场上的声音大了起来，比赛要开始了。随着哨声响起，有什么东西也在我心里重新点燃，是那种洋溢着温暖、兴奋的感觉，是那种我曾一度以为已经被我彻底掩埋了的自信与自豪。随着观众的呐喊，我浑身热血沸腾。

我闭上了眼睛。我记得的。

我记得观众为我呐喊时是一种怎样的感受。

很快我就和其他人一样站了起来。

我欢呼、呐喊，再次和这一切融为一体。

"加油！"

"加油！"

比赛结束后，爸爸的心情明显好多了，我想我也一样。而且我们镇的球队赢了，这让我们更加高兴。激昂地欢呼呐喊着的人群将席卷而入，当你被成百上千激动雀跃的人围住时，就根本不可能有机会觉得痛苦。

"踢得太精彩了。"我们穿过人群走出球场的旋转门时爸爸对我说道，"这是我这么多年来看他们踢得最好的一场。"

"他们踢得很棒，赢得实至名归。"我赞同地说。整场比赛从开始到结束节奏都非常快——无论是边卫惊人的跑动速度，还是前锋强大的控场出球能力，甚至连后卫的防守都固若金汤。他们表现得无可挑剔，唯一的遗憾就是只进了三个球，明明还能再多进几个的。

　　"你认识那个小伙子？叫麦克斯对吧？"爸爸漫不经心地问道。

　　我点了点头。"是的，我和他踢过比赛……"我顿了一下，"我踢最后一场比赛时他也在。"

　　爸爸沉默了一会儿，道："哦，原来是这样。"

　　我们继续走着。过了好一会儿，爸爸才再次开口："那场比赛，你不要太放在心上。我知道你和科尔有些争执，但那段时间本来就很难熬，无论是你妈妈的事还是别的。"

　　争执吗？说得可真委婉。

　　"他就是个白痴。"我小声嘀咕。

　　"他只是一时无法理解。那不是件容易的事……"爸爸摩挲着自己的胡茬儿说道，"对有些人来说，要和别人说起那样的事情真的很难。"

　　"他总是惹我，故意的那种。"我向他抱怨。

　　"那是每个男生的通病。"

　　他的话让我蹙起了眉头："事情没你想得那么简单，你根本不懂。"

　　我们继续走着，那种烦躁不安的感觉再次回到我身上。我讨厌回想那个赛季的最后一场比赛，那场结束了我一切的比赛。如果我当时能表现得更好一点儿，也许就不会出这些事了。如果科尔那时候没有胡言乱语，情况也许就会完全不同。

如果我当时和妈妈在一起的话……

因为那才是问题的根源，我很愧疚自己当时选择了比赛而不是和她待在一起。同样的事情我怎么还能再做一次？

我的脚步逐渐慢了下来，我感觉我的两条腿拖在地上抬不起来，难以跟上爸爸的步伐。他注意到我的异常后放慢了脚步。

"你还好吗？"他问道。

"挺好的。"

爸爸伸出一只手搭在我肩上，说："你知道吗？我今天真的很高兴。我们两个，哪怕就这么待着，什么都不干，都让我高兴。我觉得自己都还没和你待够。"

我没有回话。

"阿尔菲，我知道这对我们俩来说都很困难。可我尽力了——我在尽力让一切都恢复正常……"他声音轻颤了一下，"至少是某种程度上的正常。"

他想让我们过回正常的生活，可我甚至都不知道还有没有那种可能。当我生命中的一部分——我们生命的一部分——永远消失后，我还怎么可能再正常得起来？

　　我抬头看着他——认真地看着，试图把他当成一个不认识的人，一个完全陌生的人来看待。他的表情很严肃，眼里透着温柔和善意，但也布满了阴影；他紧紧抿着嘴，像是在强忍着不让自己多说。我希望他能再次变得幸福，我想让他知道一切都会好起来，因为我突然意识到原来他也很害怕，他害怕我们会失去彼此。

　　"没事的，爸爸。"我说道，"一切都会好起来的。"

　　他捏了捏我的肩膀，点点头。

　　我们又开始往前走。我努力让自己跟上他的步伐，努力仰起头神色镇定，努力让自己别去想太多。

　　"你可以考虑一下重新踢球的事。"他说，"这或许对你会有帮助。"

　　我还能再踢球吗？看完这场比赛让我意识到，原来我的生活中还少了一些别的东西，一些我或许可以找回来的东西。但那还有可能像以前一样吗？

　　爸爸微笑着说："你可以一步一步来，也许可以先去参加训练。我相信库克布里奇会很愿意看到你回去的。"

　　这个想法让我感觉犹如针扎。回去和队友们一起训练，重新和科尔有说有笑，那真的可能吗？

　　"或许吧。"我讷讷地说。

"你就考虑一下吧，儿子，好好考虑一下。"

　　当我们快走到家时，爸爸放慢了脚步，突然侧身站在我面前，仿佛在望着街对面的某个人。"我觉得我们能做到的，阿尔菲，我们俩都能。我们能相互扶持着走下去。"

　　我吸了一口气，努力压住自己声音里的颤抖回道："是的。我也这么觉得。"

　　他还没踏进房间就察觉出有什么变得不一样了。感觉就像是发生了某种能量转移似的——空气变得更黏稠，周围的空间似乎也变得紧缩，就连安养院里的噪声也变得更响了。他知道自己一定不会喜欢接下来要看到的东西。

　　他在门外犹豫不决，感觉两条笨腿又使唤不动了，而握在门把手上的手掌心也又湿又黏。

　　爸爸来到他身后，轻轻地带着他走进了门里。夏洛蒂又在屋里，她正站在那儿等着他们俩。他走进房间后下意识地看向床上，那声冒到嘴边的呻吟被他硬生生地咽了回去。他把手伸进口袋里，死死地捏住里面的布料。他想移开目光看向别处，但他做不到，怎么都做不到。他的眼睛紧紧地盯着床上的那个人。

　　只过了一个星期而已，她整个人就只剩下一副皮包骨。

　　她鼻子里插着呼吸管，双眼紧闭。她没有戴假发也没有戴头巾，稀疏的头发和粉色的头皮就这样赤裸裸地暴露在他眼前。她那双纤细得像骨架似的手搭在盖着的被子上。

但真的让他想哭的还是她的脸。她凸出的颧骨上瘦得只剩下一层皮了。

他的妈妈，他可怜的妈妈。

她似乎真的病入膏育了。

爸爸走到她床边，轻轻地握起她一只纤细柔弱的手。她的手脆弱得像是随时会折断的样子，他不敢再看下去，只能把目光落在地板上。

"宝贝，"爸爸用几乎微不可闻的声音叫她，"我可怜的宝贝。"

这时他发现有一只手搭在了他的肩上，是夏洛蒂。

"去她身边坐吧，阿尔菲，没事的。"她在他耳边轻轻地说。

他点点头，然后慢慢走到床的另一边，坐在放在那儿的椅子上。他发现妈妈身上穿着她最喜欢的那套灰色睡衣——爸爸去年圣诞节送给她的、非常柔软又昂贵的睡衣。她穿着那套睡衣的样子总是让人感觉那么舒适，即便现在也仍旧如此。

他向前握住她的另一只手。那只手虽然纤细，但却温暖柔软。她的手指在他掌心里动了动，他抬起头，看见她睁开了

眼睛。

"你好呀，小捣蛋鬼……"她低声说道，声音沙哑又干涩。

他笑了："妈妈，你累了吗，你多睡一会儿。"

"我没事。"她轻声说，"你在这儿我好多了。"她稍稍转头看向爸爸，"你们俩都在呀。"

爸爸俯身亲了亲她的额头，说："我们哪儿也不去，就在这儿陪你。"

他们保持着那样的姿势陪在她身边。她的眼皮时不时地颤抖，像是在和睡眠做斗争，偶尔她还会露出微笑。除了供氧机运转的声音和房间里各种仪器发出的检测音，整个房间里静悄悄的。

"阿尔菲，你上场比赛踢得怎么样？"最后她问道，"你们赢了吗？"

"赢了，五比二，我一个人得了三分。"他笑着说。

"我真为你骄傲……"她说到这儿停顿了一下，用力润了润喉咙才接着道，"你真的很棒，你知道吗？"

"妈妈……"

"你们下场比赛是什么时候？"她又问。

"在周六，那是我们这个赛季的最后一场比赛。"

她勉强挤出一丝笑容，说道："那你一定得去。"

他直愣愣地看着她，没有接话。还有几天就周六了，但是他很害怕。他每一次见到她，都觉得她似乎比上一次变得更虚弱。周六那天是客场比赛，也就意味着他那天大部分时间都要在外面。他这个时候不和她待在一起而去比赛，显然是不对的。

"我会没事的。"她说道，像是知道他心里在想什么，"我哪儿也不会去的，我想让你去比赛。"

"妈妈……"他把她的手握得更紧了些，"我想和你待在一起。"

"我知道，我明白你的想法。"她用力吸了口气，"我也想陪着你，而且我始终会的。我会在球场边……为你加油打气。我会在的，阿尔菲。只要你想到我，我就会在的。"

他紧紧握着她的手说不出话来，只能僵硬地点点头。

"我会一直陪着你的……"她低声说完就再次陷入沉睡中。

# 第十九章

　　我满怀激动地朝爱丽丝家走去，哪怕我都不知道她打算让我们做什么。这是一个美好的下午：太阳出来了，尽管已经是十一月，它还是竭尽所能地把自己微弱的光线洒在我身上。天空呈现出一种明快的蓝色，似乎一切都变得更清新、更明亮了。

　　我走在路上的时候决定给本打个电话。我为之前的失约对他感到有些愧疚。

　　"怎么样？"他问道，"你在忙什么呢？"

　　"没什么。我刚和爸爸去看了场球赛。"

　　本在电话那头顿了一下，显然是在想该怎么说。"比赛很精彩吧？"

"是啊，我觉得算是。"

接着本又说道："听着，阿尔菲。我知道我们俩不同，可以说是完全相反的两种人。我从来没想过要让你融入我的世界或者怎么样……"

"我们也没有那么不同。"我打断他，虽然我多少明白他说的是对的。

"我只是希望你没事就好。你经历了一段很难熬的日子，现在应该多出去走走，知道吗？"他说道。

"实际上，我现在正在出去。"说完这句，我自己都有些难以置信。

本哈哈大笑起来，接着说："那不错，怎么，是跟那些踢球的家伙一起吗？"

"不是，是跟爱丽丝——就是我跟你说过的那个女孩。她人不错，你知道吗，她超级有意思。"

我几乎都能听到本点头的声音。"知道啦。不过你不该放科尔和其他那些人的鸽子。我知道他们之前表现得有些过分——好吧，其实他们有时候就只是不懂表达——但我觉得他心里挺内疚的。我觉得他也很想你。"

"是啊，他可不是想我吗……"我语气里的嘲讽根本无

法掩饰。

"阿尔菲，我知道你很想念足球。你不能永远拿科尔当借口。你有权力继续去享受这项运动，知道吗？你甚至可能会发现它能让你开心起来。"

我没有回他的话，只是继续走着，试图去忽视脸上那股越来越烫的感觉。

"你妈妈喜欢看你踢球，她一定不愿看到你就这么放弃了。"本继续说道。

"我知道你的好意，本。"我轻声说道，"我正在考虑重新参加训练。你懂的，我只能慢慢来。"

"那很好，你就该这么做。"本毫不犹豫地回道，"我只想让你开心起来，我希望你能继续去做你擅长的事。"说到这儿他顿了顿，"你知道我会永远支持你的，只要你有需要，我就会一直陪着你，哪怕我这个朋友稍微有点儿不靠谱。"接着他语气一转，更加认真地对我说，"如果说你妈妈的事让你从中学到了什么，那一定就是人生苦短，我们千万不要浪费生命。"

"你能不给我上课了吗？"我揶揄着他。

他笑嘻嘻地道："不行，运动健将。我要说到你能重新开始享受人生为止。"

我按下门铃，然后等在门边。这次这栋房子变得安静了些，也让它莫名显得更荒凉，近乎阴沉沉的。我在门口等了一会儿，开始怀疑他们家是不是真的有人在，直到——

"哪位？"对讲机里传来她沙哑的声音。

"爱丽丝，是我，阿尔菲。"

"阿尔菲？"对讲机那头安静了一会儿，"你来早了——我以为你至少要再晚一小时的样子。"

我看了一眼手机，已经五点了。说实话，爱丽丝之前也没说具体时间，我就以为她应该想越早离开这栋房子越好。外面阳光灿烂，有什么理由不出来呢？

"没关系。"她仿佛知道我心里在想什么，"你上来吧。"

她按开门禁让我进去。

当我走到顶楼时，他们家的门已经开了，而爱丽丝就站在门背后。我还是第一次看到她把头发撩上去乱糟糟地卷成一团的样子。没有了那些乱七八糟的头发挡着脸，她看起来都不一样了。不过她身上还穿着睡衣。

没搞错吧？今天都快过完了。

"嘿，抱歉我来得太早了。"我有点儿尴尬地说。

"没事，不要紧。只是我得准备一下，洗个澡什么的。家里只有我和亨利在，妈妈带小宝出去散步了。"

　　我点点头，然后走进了他们的房间。我已经忘了它到底有多小，但我忍不住去想一家人挤在这么小的空间里该有多难受。可怜的亨利似乎想在那张乱糟糟的床上腾出更多空间，与此同时，他的眼睛一直黏在角落里的迷你电视上。

　　"你好！"我对他说道。我尽量让自己听起来友好些，不过我真的不太习惯和小孩相处。

　　亨利抬起头，脸上挂满了笑容。"你能陪我玩吗？"他毫不客气地问。

　　"亨利！"爱丽丝走到我们中间冲他喊了句，"阿尔菲不是过来陪你玩的。"

　　"我不介意的。"话虽这么说，但我心里还是有点儿介意的，我只是想表现得友好一点儿。

　　"你能……你能陪我踢足球吗？"亨利在床上一蹦一跳地说。

　　"这个，我……"

　　"真的可以吗，阿尔菲？"爱丽丝满脸认真地说，"房子后面有一个公用的花园，他们还在那里装了一个小球门。妈妈只是不放心他一个人，所以才不让他去。"

　　"可他也不认识我啊。"我别扭地说。

　　"但我认识你呀。"爱丽丝说道，"拜托了，我洗好澡很快就去找你们，亨利在家都快憋疯了。"

我叹了口气。"你有球吗？"我问他。

"有，我有！"亨利兴奋地尖叫。他跑到一个箱子里东翻西找，然后捧着一个鲜红的破足球跑了回来。我耸了耸肩，差点儿没忍住笑出来。

"那行，不过你做好被虐的准备吧！"


我最后一次碰球还是在五月初的那场比赛上。可能对大多数人来说，这听起来并不算太久以前，可是对我来说，感觉就像过了一辈子。在那之前，我几乎从记事起就一直在踢球，而现在，我站在一个奇怪的花园里和一个我几乎不认识的小孩在一起踢球。

亨利率先拿起球，然后凌空一脚把球踢到草地上。我尽量让自己表现得自然些——毕竟他还小，而且显然没人教过他踢球是怎么回事、到底该怎么踢。

"你应该像这样踢。"我告诉他，"不要用脚趾，而是用脚的侧面触球。"

我把球放在地上用脚背一踢，看着它顺畅地从空中滑过，最后稳稳当当地落进花园尽头那个粗糙的球门里。

"哇哦！"亨利上蹿下跳地叫道，"你踢得真远。"

　　我呆呆地盯着那个落进破球网里的球看了一会儿。我都忘记做自己真正擅长的事情时那种感觉有多满足了，我把那一切都忘了。

　　我让亨利多练习，我给他示范该怎么用脚挑球，怎么流畅地踢球，以及怎么把球从潜在的进攻球员脚下抢回来。对一个小孩来说，他算学得快的了。

　　"你应该加入球队。"我对他说。

　　"真的吗？"他睁大了眼睛。

　　"当然是真的，你有那个天赋。"我想了一下，库克布里奇俱乐部有低年龄组的招募，亨利很适合去那里。"我会告诉你妈妈一个我知道的球队，你过去他们一定会很欢迎的。"

　　"是你的球队吗？"

　　"是……不……"我摇了摇头，"是我以前的球队。"我漫无目的地踢着球。

　　"那你有新的球队了吗？"他问道，声音明亮又好奇。

　　我停了下来。"没有……"我说道。

　　"可你踢得那么好！"

　　我咧着嘴对他笑了笑。我简直无法相信，自己竟然会为这么简单的一个评价感到那么高兴。

"你能不着地连续颠球吗？"亨利又问。

"当然能。"

"能颠几下？"

我皱起了眉头。我已经很久没颠过球了——我甚至都不知道自己还能不能颠得起来。"我不知道……二十个？"

"二十个！"他叫了起来，"我要看——求你了。"

那不是多好的球，不但有点儿瘪，还有点儿旧，但我控制起来却十分容易。我仿佛全身心都沉浸进去了，全神贯注地把球在两只脚上来回颠着，心里默默数着数。但其实用不着那么麻烦——亨利一直在我面前大声报数。

1、2、3……

他热切地看着我，脸上的笑容越来越大。我真的很喜欢他，他让我想起了自己小时候的样子，那时我也常拖着爸爸出去练球。这个球听话地从我的一只脚移到另一只脚上，时不时地，我还会把它翻上来用腿颠，用胸口顶，但就是不会让它落地——我的注意力完全集中在了球上。

23、24、25……

我忘记了，那时爸爸和我，每个周末都会一起去练球。他会一直在那儿鼓励我，让我踢得更好。之后我们就会回家向妈妈汇报我的进步，她听了就会很高兴。每次她都会笑着

说："我喜欢看到你们俩开心的样子。"

42、43、44……

那是她以前常挂在嘴边的话。她一直都会这么说，我怎么就忘了呢？

53、54、55……

我怀疑爸爸是不是也忘了那些。要是妈妈看到我们现在这个样子，她会怎么想？我们放弃了这一切是不是会让她很失望？我打了个冷战，一不留神就看到那个球被弹飞后落在院子里。

"哇，你太厉害了。"我转身看到爱丽丝站在我们身后。她穿着牛仔裤和一件紧身白色上衣，头发湿漉漉地披散在脸周围。她看起来真的就像是直接从浴室里出来的。

"你踢得太好了。"她对我点着头说道。

"我以前踢得才好。"我下意识地说完后，一脚把球踢到了花园里。

爱丽丝目光如炬地盯着我，道："不，阿尔菲——你现在仍然踢得很好，这点谁都能看得出来。"

当他们离开的时候，夏洛蒂走在他旁边，仿佛一个安慰人心的影子一般引导着他们从走廊里出来。

"我们已经为你们俩腾出地方了。"夏洛蒂对爸爸说道，"你们近期可能会有留下过夜的需要。"

他抬头看到爸爸点了点头，不由得整张脸皱成一团。

"有些人会更喜欢待在这里，在家人的陪伴下，直到最后那刻……"她说着声音渐渐低了下去。

"最后那刻。"

这句话回荡在他们中间。

他脑子里反复想着这句话，这让他想起了小时候妈妈给他讲故事的情景。那时他们会一起蜷缩在他的床上，又舒服又暖和地听她读那些故事。在她动人的嗓音下，那些故事莫名地变得鲜活起来。接着她会啪的一声迅速把书合上，说："现在该睡觉了。"

　　就在他们快走到安养院的出口时，爸爸突然停下来。"抱歉。"他嘴里含糊地说道，"我要去下洗手间。"爸爸的声音听上去很奇怪，像是闷在嘴里出不来，而且两颊通红。爸爸不等他们回答就趷趷撞撞地走开了。

　　夏洛蒂点点头，然后指了指她左边一扇开着的门。"这是我们的家属休息室。"她温柔地说，"你想要独处的时候可以随时来这里。"他下意识地走进了那个房间，里面柔和的灯光让人感觉温暖又安全，在两面墙边都放着沙发。这里……很好。

　　"我能留你自己在这里待一会儿吗？"夏洛蒂问道，"就几分钟的样子，我想再去给你妈妈做个检查。"

　　他点了点头。他想要说："我妈妈不在那儿——躺在床上的那个不是她。"但他把这些话压在了心里。

　　他看着夏洛蒂离开，在她轻轻关上门后感觉整个人都垮了下来。他想坐下，或者干脆躺在沙发上。

　　他感觉太累了，但同时又很紧张不安，肾上腺素在他体内涌动着。他走到房间的一个角落里，那里摆着一张小桌子，上面放着三支蜡烛。他看到蜡烛旁边的小卡片上印着："为你爱的人点一支蜡烛。"

　　他想到了他的妈妈，他所认识的那个女人风趣、聪明，又充满活力——她从各种意义上来说都是如此。他颤抖着伸手去拿放在那儿的打火机。他不只要点一支蜡烛，他要把三支都点了，因为她值得。

"妈妈，求你好起来吧。"他对着闪烁的火焰低声说。

"求你不要离开我。"

# 第二十章

我们在爱丽丝的妈妈回来之前离开了她家。他们的邻居妮娜主动提出可以帮忙照顾亨利，爱丽丝对此简直求之不得。

"他喜欢去妮娜家。"她告诉我，"她家有个跟他同岁的小女孩可以和他一起玩。而且，这样我们回来的时候我也可以不用和妈妈打照面了——她肯定会对我三堂会审，问我们做了什么。那跟她有什么关系。"

我们去了镇上，爱丽丝说她饿了想找点儿东西吃，而我也很乐意随她去。毕竟除此之外，我们似乎也没有更好的安排。

爱丽丝还是照常背着她的大袋子，不过这次她穿的是靴子而不是平时那双运动鞋。那双靴子让她走起路来有些困难，不但走不快而且还有些不稳，似乎是尺码太大的缘故。一开始我抓着她的胳膊扶了几次，不过后来她就把我推开了。

"你不用担心我。"她说完盯着我的眼睛看了一会儿，然后移开了目光。但我从她的眼神里看到了一些情绪，一些很柔软甚至很悲伤的情绪。她今天似乎有些不一样。

"我今天和我爸爸去看了一场球赛。"我告诉她。

她吸了口气，回道："是吗？那挺好的。"

我把手往口袋里插得更深了些，说道："你知道吗？那种感觉真的很——我不知道——正常吧。"

"你们应该都挺高兴的吧？"

我点了点头："应该是的。"

爱丽丝的脚步慢了下来："他能带你出去已经很好了。我爸爸从来都不会带我去任何地方，除了偶尔去酒吧外。不过那也只是我拿着薯片和可乐坐在外面，而他进去见自己的朋友。"

我蹙着眉问："真的吗？他这么过分？"

"是啊，相当过分。"她吸了吸腮帮子，"我已经不和他见面了。他出现的时候状态都不太好，就是醉醺醺的，你知道吧？所以我很小的时候我们就从他家搬走了。之后妈妈

就遇到了罗斯……"

我转身看着她，问："我猜他也好不到哪儿去吧？"

她牵了牵嘴角："你说得没错。一开始他特别好，所以他们有了亨利，之后小宝也出生了。但再后来……"她打了个战，"说实话，我不想再说了。"

"没事的。"我轻声说。

"可是你爸爸真的很好——听起来他真的很用心。"她睁大眼睛说，"你应该感到庆幸才对。"

"是啊……是啊，我确实应该庆幸。"

关键是，我这才意识到自己到底有多少分量。要不是因为有爸爸在，我会待在哪里？

我根本一无所有。

我们继续慢慢走起来。

"你觉得你们还要在那个房间里住多久？"我问道。

爱丽丝哼了一声："我妈妈每天都到镇政府去求他们，可像我们这样的人太多了。"

我皱着眉问："那不是意味着他们更应该给你们安排新的地方吗？"

"那意味着。"爱丽丝叹着气说，"大的房源更难申请。而你知道更糟的是什么吗？我们那条路上有一半的房子看起来都是空的。那些大豪宅根本没人住在里面，只是那些买得起第二套房子的有钱人每年过来待两周度假用的。为什么会有这样的贫富差距？"

我摇了摇头，不知道该怎么回她。我成天把时间浪费在抱怨爸爸以及和爸爸吵架上，可那却是爱丽丝想要都得不到的——她甚至不是想要，而是需要。

"我很抱歉，昨天不该吼你的。"她嘟囔着，"我只是很生气，这个世界有时看起来糟透了。"

"没关系，我懂的。"

"你的感觉一定比我更糟——我是说，你妈妈的事一定让你很难过。我简直无法想象那会是种什么样的感觉。你在难过失去她的时候，我却因为那栋破房子跟你发火。我很抱歉，那简直太过分了。"

我皱起眉努力想着该怎么回答她的话，我希望自己能回复她。

"我的感觉其实很复杂。难过，当然有，但除此之外还有生气。我气癌症赢了，她再也不能和病魔抗争，她被打败了。尽管我知道我是错的，我知道我不应该那么想，因为她已经竭尽全力了。"

"我完全理解你的想法。"爱丽丝轻声说。

"真的吗？"

"当然是真的。我觉得我也会很生气的。"

我眨了眨眼睛然后慢慢呼了口气。她能这么说真是莫大的安慰，让我突然感觉好多了。

"我还觉得很愧疚。"我接着说，"我没法儿摆脱那股可怕的、病态的愧疚感。"

"为什么？"她问道，声音还是那么温柔。

"因为……因为我没法儿表现得跟从前一样，我没法儿假装一切都很好。我怎么可能回得到曾经的状态，像以前那样踢球、和队里那些人相处？上一次我这么做的时候，我试图假装一切都很好的时候……"

我们停了下来，爱丽丝转身看着我。她的眼睛紧紧盯着我，表情看起来特别严肃。她握住了我的手。

"没人要你假装，阿尔菲。虽然我不认识你妈妈，但她一定也不想让你有这种感觉的，对吧？她不会想看到你一直责怪自己。"

"我觉得我让她失望了……"我有些难以启齿地说。沉重的忏悔把我的声音压得哽咽。这些话我以前从没大声说出口过。我转过脸不让她看到我的眼泪。

"不，不，你没有，阿尔菲。"她紧握着我的手说，"虽然我不清楚到底发生了什么，但我觉得我现在已经足够了解你了，所以我知道你没有让她失望。不过说实话，我觉得你现在这样——抱着这种想法，反倒会让她失望的。"

"可我只是想让她高兴。"

"那就别再伤害自己了，别让自己活在过去。"爱丽丝温柔地说，"你没法儿让她复活，阿尔菲，那是永远不可能的事。但是你可以过上她想让你过的那种生活。"

我抽了抽鼻子，点点头，觉得自己有点儿可怜。可当我们重新开始往前走的时候，我发现过去压在我心里的那块大石头有些不同了。

它变轻了许多。

我们又坐到了海滩上。这次我们坐在更靠近大海的地方，身下的石头只差那么一点儿就会被汹涌的潮水拍湿。海边的风冷得刺骨，我拉起帽子遮住耳朵努力忽视那股冰冷的冲击波。但这似乎一点儿也没影响到爱丽丝，她面朝大海，盘着腿安静地坐着。

"今天海面的浪太大了。"她说道。

我望着远处，汹涌的海浪一波未平一波又起翻腾个不停。

"你能想象人要是掉进去，被冰冷的海水卷走会是什么

样子吗？大概需要多久就会……"

她把剩下的话卡在喉咙里没再说下去，用手摸了摸那些石头。

就会什么？就会淹死？就会闭上眼睛结束一切？

我之前当然也想过这个问题。我会一个人到这里来，站在栏杆旁望着远处灰色无情的海水，想着自己是不是应该直接闭上眼睛跳进去。

那样是不是就能不再受伤？是不是就不会再痛苦了？

"那肯定会很难受。"爱丽丝最后说道，声音既坚定又脆弱，"像那样的做法一定是最不可取的。"

我点了点头："是的，不可取。"

"我偶尔会想想这种事，但我真的没那个意思。我只是好奇而已。"她的声音又低了下去，"我只是偶尔会想能不能不再过得这么痛苦——你明白吗？"

"嗯，我明白。"

她缩了下身体，问："你真的明白？"

"我偶尔也想过，是不是可以永远地离开。"我说这话时眼睛依旧望着大海，"但我亲眼见过死亡，我见过它对人——对所有被留下来的人，造成的影响。"说到这儿我顿了顿，"无论发生什么都不值得我们放弃生命，对吧？我是说我妈妈，她为了活下去，曾经那么努力地和病魔抗争、为生命而战。所以我永远都不能轻易放弃生命，它太珍贵了。"

爱丽丝看着我，我是说那种真的走心地看，好像这还是她第一次认真地看我。"是的。"她开口说道，"确实是这样。妈妈刚遇到罗斯时，过得很开心。"她缓缓道来，"她高兴的样子让我也很高兴。那时我们已经不太见得到我爸爸了，我觉得这是件好事。但是妈妈很孤独，我也很孤独——我希望我的生活中能有一个父亲的角色。"她稍稍颤抖了一下，"罗斯看起来很完美。他能让妈妈笑，对我也很好——经常给我买礼物之类的，即使我不是他的孩子。"

"可他是亨利和艾米的爸爸吧？"我问道。

爱丽丝点点头："嗯，是的。罗斯是在亨利出生后开始出现变化的。他似乎无缘无故地就会冲妈妈发火。他很讨厌婴儿的哭声，会因为房子里看起来有点儿乱之类的理由大发雷霆。因为那是他的房子，所以妈妈总是为了要把房子弄整洁而过得战战兢兢。我以前得常常帮她一起打扫，哪怕我那时还很小。"她叹着气把一缕头发往后拨了拨，"我以前躺在床上的时候，总能听到她的哭声和他的叫骂声。那种事他没少做，对着她又打又骂极尽羞辱……"

我皱起了眉头。那听起来太过分了。"你是说，他还会

打她？"

爱丽丝捡起了一块石头紧紧攥在手里。"是啊，他会，他会打她。而且他还会很恶心地说一些让她伤心欲绝的话。他会嘲笑她，说她很可悲、没人要。有一次，妈妈当着我的面告诉他她要离开他，可罗斯当场哈哈大笑。他说她要是敢走，他一定会把她找出来，然后让她过得痛不欲生。"

"天哪，爱丽丝……"我不知道该说什么才好。

"有一天晚上，趁着他和朋友出去的时候，妈妈带着我们逃了。这个时候艾米还没出生。我们躲到了一个不知名的招待所里，但还是被他找到了。他警告妈妈别再做傻事，然后把我们带回了家。"她把石头扔到了海滩上，"妈妈说他总有办法给她洗脑，让她觉得都是因为自己做错了事所以活该被骂。我们逃跑了四五次，但他总是能找到我们，把我们抓回去。"

"这次不会了。"我说道。

爱丽丝转头看着我，眼里闪烁着泪水。"妈妈今天早上接了个电话。她以为我听不到，但其实我都听到了。她是在和他打电话。有人把她的电话号码给了罗斯，他现在又来给她洗脑了——他会找到我们现在住的地方的。"她的声音在发颤，"她之前出去的时候甚至都不敢看我的眼睛。搞不好她都已经和他见过面了，谁知道呢？"她耸了耸肩，"不管怎样，我只知道她要么会回到他身边，要么就是带着我们继续逃跑。我们不能再待在这里，他已经找到我们了。他会打她的，这次他一定会打得特别狠……"

"你能不能跟她谈谈？"我问道，"能不能把你的感受告诉她？"

爱丽丝苦笑了一声。"你真该听听自己的语气，像个谈话专家似的。"她顿了一下，"我以前试过跟她说，可她从来不听我的。"

"那你现在打算怎么办？"

爱丽丝把目光从我身上移开，眼睛再次盯着大海："无论她想去哪儿，我都会跟着她，她需要我。我们都已经习惯了——不停地搬家、逃跑、躲躲藏藏。"

我伸手拍了拍她的胳膊，然后轻轻握住。这一切都太荒谬了。我们俩都是被逼着走上一条根本不想走的路，而且我们除了直面风暴、盼望着它能自己早日烟消云散之外，根本没有第二种选择。

"如果你走了，我会想你的。"我说道。

我感觉到她微微颤了颤。"我也会想你的，阿尔菲。"

爸爸不能去，他可以理解——他当然理解。但没有妈妈在场边就已经够糟糕了，如果连爸爸也不在的话，他觉得自己会更难以面对。

"去吧，儿子，勇敢点儿。什么都不会变的。"爸爸告诉他，"我只是觉得我们俩得留一个在这儿陪着她。"

"我可以留下来。"他说道。他其实真的不想去。他觉得很累，头也很疼，脑子里更是不停地在想着别的事情。他这样还怎么专心比赛？

"离开这里一段时间也许会对你更好。而且这是你这个赛季的最后一场比赛——很重要的比赛，你不能让他们失望。"爸爸捏了捏他的肩膀说，"妈妈也想让你去。"

妈妈。她说过会在那里陪着他的，可她去不了了，不是吗？她真的去不了了。她不会再上蹿下跳地喊着他的名字，不会再在每次他被抢断时尖叫连连弄得他不好意思。

最后是爷爷开车送他去的球场，一路上他几乎都说不出话来。他把脸贴在窗户上，看着整个世界在车子飞速疾驰中变得模糊不清。这就是他现在对生活的感受：一团模糊。一切都发生得太快了，根本不受他控制。就像他坐的这辆车正在用比这快得多的速度在高速公路上飞驰，把他所爱的一切都抛在了后面。

他无法让它停下来。无论怎么努力他都无法让它停下，甚至就连让正在发生的事情慢下来他都做不到。

在他穿钉鞋准备上场的时候，爷爷对他说了些什么，但他几乎没怎么听清。他走向自己队友的时候，感觉自己的步伐又重又慢。他在心里祈祷，希望等他回去的时候妈妈能醒着，这样他就能告诉她比赛中发生的一切；他可以踢进一记漂亮的球，然后向她汇报，让她高兴起来。

想到这里他变得高兴了些。

他们开始做热身运动。科尔和其他人的心情都很好。

"我知道你家里发生了一些事情。"科尔对他说，"但我们今天必须要赢，你尽量保持专注，集中注意力。"

科尔的自以为是让他很反感，但他还是把话咽下去了。他心里的火已经够旺的了，没必要再多添一把。

比赛即将开始，他们的对手是劲敌——希斯菲尔德队。

对方有几个球员奚落了他们几句，可他没有理会，而是全神贯注地在场上慢跑。他的目光移向远处，在那里站着一小群挤在一起的家长。他不但看到了远处的爷爷，也看到了他旁边空着的地方。

他心里忍不住开始想，她现在怎么样了？

哨声响起，他下意识地开始跟着其他人一起动了起来。他踢的是左边卫，而大部分比赛一开始都集中在中场，所以有一段时间他什么也做不了，只能跟紧自己要防守的人。但随后科尔截断了对方的传球，阿尔菲发现破门的机会后立刻上前，把他要防守的人甩在了身后。

"科尔！"他指着前面喊道。

科尔看到他后一记吊传，球从空中稳稳地飞了过去。阿尔菲触球后立刻用左脚背带球一刻不停地继续跑动。他冲到边线后，发现对方的中卫正向他冲来要抢断。那个向他冲过来的男孩动作笨拙而且明显跑位错误。为了抢到球，那个瘦高的中卫在跑到阿尔菲跟前的最后一刻，决定倒地铲断他的球，结果把阿尔菲撞得双脚离地。

阿尔菲有一瞬间整个身体腾空，随后重重地摔在了松软的泥土上。他的脚踝在身下严重地扭了一下。他震惊过后，整个人都气炸了。

那个男孩跑过去想拉他起来。"对不起。"他气喘吁吁地说，"你跑得实在太快了。"

他噌地从地上跳起来，脚踝剧痛无比。这是他的机会，他最后一次让妈妈感到骄傲的机会。他揪着那个男孩的球衣把人扯到身前。

"你懂不懂规则，你怎么可以这样踢。"他尖声叫道，"你会不会踢球！"

他气得浑身发抖。

"阿尔菲……算了。"那是科尔的声音，他试图过来把他们分开，想轻轻地拉开他。

但他甩开了科尔，喊道："走开！"

科尔又试了一次，这次拉得更用力了。"阿尔菲，你得去场下，让我们检查一下你的脚踝。"

"放开我，我还能踢！"

"不，你不能再踢了。"接着科尔转头对那个男孩说，"抱歉，他最近心情比较差，他妈妈的身体不太好。"

心情差？科尔懂什么？他凭什么摆出一副无所不知的样子，谁给他的胆子让他当着一个陌生人的面对他的妈妈说三道四？在他自己还没反应过来的时候，就已经一拳打在了科尔的下巴上，他下手很重，科尔被他打倒在地时满脸震惊。

但他活该。

他推开姗姗来迟的教练，推开了其他目瞪口呆站在那儿的队员，径直走到场边。

"带我去见妈妈。"他对爷爷说，"求您了。"

他们开车返回安养院。爷爷明白他的心思，把车开得很快。但当他们开到安养院前的主车道时，他突然感觉到不对劲，一阵恐惧感瞬间涌上他的心头。

他从车里跳出来拔腿就跑，他顾不上车里的爷爷，也不顾自己还穿着钉鞋和全套装备。他跑过大厅奔向她的房间。不会的，不会的。

这时，一个护士——不是夏洛蒂——正从门里走出来。她个子不高，长得很漂亮，脸上带着和蔼的笑容。"阿尔菲？"她问道，似乎知道他这个人。他点了点头。

他们一起走进房间，爸爸脸色苍白，抓着妈妈柔弱无力的手两眼无神地盯着远处。接着，他看到了她——他的妈妈。她紧闭着眼睛，张着嘴巴，瘦小的身体在用力呼吸着。

"她就快死了吗？"他轻轻地问。这个问题已经困在他心里很久了。

"要不了多久了，阿尔菲。"爸爸对他说，"她就快走了。"

她快要离开他们了，她的人生将要落下帷幕。

# 第二十一章

　　我们几乎是一路沉默地走回了爱丽丝家。我觉得是因为我们俩都太累，已经没力气再说话了。我满脑子都是关于我自己的一些想法——有些决定很快就在我心里成形。突然间一切都变得清晰多了，我知道自己现在该怎么做了。

　　点醒我的是爱丽丝早些时候说过的那句话——"我必须不停地往前走"——这句话印在我的脑海里，让我想通了很多事。我也得这么做。我不能再这样下去——僵在原地，害怕得不敢往前走，害怕得不敢做回自己。我必须不停地前进才行，那是我唯一的出路。

　　是爱丽丝帮我意识到了这一点。

我比爱丽丝先看到停在她家房子外的警车。我突然停了下来，想说的话全都卡在了喉咙里。在我身后，我听见爱丽丝倒抽了一口冷气。

"不！"她惊呼。

"这也许和你们无关。"我理智地说。毕竟她住的是公租房，那些警察可能是为了住在那里的任何一个家庭而来。

爱丽丝在我身后一动不动，说道："不，我知道那就是冲我们来的，因为罗斯。我能肯定，妈妈出事了。"

说完，她突然冲了出去，把我吓了一跳。她的速度很快，几秒钟就蹿到了房门前，把头发跑得比以前更乱了——她的手指用力按在门铃上。

"让我进去！"她对着对讲机大喊。

我走到她身后，觉得自己又笨又没用。我犹豫着轻轻拍了拍她的肩膀，毫不意外，她身体缩了缩。

"爱丽丝——你别慌。"

"我们家的对讲机不是妈妈接的！"她眼神涣散地说，"我不知道那是谁！"

我们俩正等着的时候，大门突然被推开了。一位女警官从里面走了出来，见到我们后，她向爱丽丝伸出了手。

"爱丽丝，你是爱丽丝·詹金斯吧？"

爱丽丝麻木地点点头。

"爱丽丝，我们很担心你。"

爱丽丝把头发从脸上拨开，问她："我妈妈在哪里？"

"她没事，她正在楼上等你。但她不知道你去哪儿了，所以一直都很担心。"

爱丽丝只是耸了耸肩，道："我不觉得她会在乎这件事，她知道我出门了。"

"我听说你最近出去得有点儿频繁。"那个警官轻声说，"而你妈妈确实很担心你，尤其是现在……"

爱丽丝僵住了。"尤其是现在，为什么？"她的声音低下来，几乎像自言自语一样，"因为罗斯，对吧？他找到我们了？"

那位警官的笑容很温柔。她慢慢地点了点头，回道："是的，我们有理由怀疑他找来了。"她停顿了一下，"他之前告诉你妈妈你和他在一起，所以她才急得发疯。"

我从没见过爱丽丝这么苍白的脸色。

"他一定在监视我，他肯定是看到我从房子里出去了。"

那个警官轻轻地握住爱丽丝的胳膊，说："先进屋吧，我们需要好好谈谈，还有很多事情需要我们去解决。"

我看着他们走进房子，知道他们有事情要处理。虽然那

些事与我无关，但我还是很难过自责，因为我帮不了爱丽丝什么忙。

"请别离开。"我对着风低声说。

下一刻我果断转身往家走。

我要去找我的爸爸。

我进屋的时候，他正在厨房里边哼着歌边泡茶。有那么几秒钟的时间，我只是静静地站在那儿看着他。那是我爸爸。

我的。

要是没有他，我过的会是什么样的日子？尽管发生了这一切，尽管他像是推开了我，不愿和我多说妈妈的事——但他始终都还在这里。他从没缺席过我的生活，而我又是那么需要他。此刻我终于明白了这一点。

"阿尔菲？"他转过身有些困惑地看着我，"你没事吧？"

"不太好。"我扑通一声坐在最近的椅子上，然后缓缓地把爱丽丝的事、她妈妈和罗斯的事，以及她看起来有多害怕的事都告诉了他。

爸爸听完重重地呼了口气："天啊，可怜的小姑娘。"

"我觉得很难过。我根本没意识到她过的是什么样的日子……"我紧紧攥着拳头说，"我之前一直沉溺在自己的世界里。"

爸爸表情严肃地看着我，看起来很难过的样子。

"你觉得她会有事吗？"我问道。

他在我对面的椅子上坐下来，用手揉着脸说："我觉得应该不会。你说过警察已经介入了，所以他们应该会帮她们解决的，应该能帮到她和她妈妈。"

"我估计他们又要搬走了。"

爸爸叹了口气，说："这没道理，对不对？凭什么要她们不停地搬家，就为了躲某些……某些恶人？"

我点了点头："我也不想让她再搬家。她才刚在这里安顿下来，这对她太不公平了。"

爸爸伸手握住我的手，说道："她会没事的，儿子。无论发生了什么，她都会没事的。而且她一定会很感激身边有你这样的朋友在。"

"我算什么朋友……"我喃喃道。毕竟，我什么都没做过。

"你当然算！你一直都陪在她身边，倾听她的事。那可能就是她现在所需要的。"

我耸了耸肩："但愿吧。"

"阿尔菲，虽然我不常告诉你这些，但我一直都以你为傲。"

我抬起头，直愣愣地盯着爸爸："什么？"

爸爸紧紧地握着我的手，眼神有些涣散地说："真的，我怎么能不自豪呢？过去的这几个月里，你就像块坚定不移的岩石一样矗立守护着这个家。而现在，你又能走出去帮助别人，把别人的事放在自己之前。我不知道——我真的不知道，自从你妈妈去世后，在没有任何咨询、任何帮助的情况下，你怎么能适应得这么好，你真的很坚强……"

适应？坚强？他是认真的吗？

但爸爸还没说完。他突然站起来，走过来蹲在我身边。我之前从没见他对我做过这么亲密的事。

"从一开始到最后一刻，在我完全做不到的时候，你都一直那么坚强。我很羞愧，阿尔菲。我很羞愧自己像个木头人一样什么都帮不上你妈妈——但你，你不一样。你那时完全知道该怎么做——是你握住了她的手，是你说了该说的话——是你……

他喉咙哈住，停了一会儿，然后用手飞快地抹了下嘴。"是你在最后给了她安慰，而我那时像个废物一样没用。"

我摇着头，不想再听下去，可爸爸还在说。

"可是后来，我渐渐发现，其实你并没有那么坚强，对吧？你不是真的坚强，你只是在心里筑起了一道高墙，把所有人都挡在了外面。你不再去踢球，疏远了你的朋友。你一直在做这些蠢事，只是为了要逃避现实、逃避真相。"

他的话让我没法儿回答，所以我只能一直盯着他。我感觉到自己浑身紧绷，之后开始颤抖起来。

"你知道我为什么能知道这些吗？"他说，"因为我现在就在做同样的事。我接受不了你妈妈离开的事实，所以我把和她有关的一切都打包送走，我试图当它不存在，我试图装作一切都还好的样子，可那简直让我窒息——"

他的声音哽咽得支离破碎。我看着他，发现他哭了。

哭得毫不掩饰。

"我很抱歉，阿尔菲。"他抽泣着说，"我让你失望了。我本该陪在你身边的，可我没有，我让你一个人去面对了这一切。我原本以为这样会更好——我以为不让你看到我这个样子才是对你最好的——但是现在……现在，我知道我做错了……"

我浑身抑制不住地颤抖。我张开嘴想说话，却什么也说不出。我们也不用再说什么了。于是我倾身向前，把自己投入他怀里。他抱住我，紧紧地箍在怀里，仿佛害怕我会跑掉一样，把我按在他的胸前。我感觉到他也在发抖。他把脑袋抵在我头上，再次抽泣了起来。

但这一次，他哭得响声震天、毫无形象。

直到我的眼泪把他的衬衫都浸透了，我才意识到原来自己也一直在哭。

我们就这样抱头痛哭了很久、很久。

那也是我们唯一能去做的事。


之后我们重新坐了下来。爸爸给我们俩泡了茶，虽然我好几年没喝过这类东西了，但它真的很好喝，仿佛让我由内而外地暖了起来。

"我们应该重新开始一起去看比赛。"爸爸轻声说，"我们应该花一些时间待在一起。我们必须这么做。我们必须找回一些正常的生活。"

我点了点头。是的，那听起来不错。

"而且……"爸爸犹豫了一下，我看得出这些话他说得很艰难，"而且……安养院里有一位女士，我们都可以去和她聊聊。这可能会对我们有所帮助……你知道的，这也许能帮我们更好地面对一切。"他说到这里又停顿了一下，"你愿意试试吗？我是说——如果我去的话，你愿意一起吗？"

我端起茶杯一饮而尽，然后用力眨了眨眼。

"愿意……"我说道，"我愿意去试试。"

爸爸点了点头："太好了。"

"还有件事，爸爸。"我把杯子放回桌上说道，"我想重新回去训练了。"

他眼睛亮了亮，脸上浮现出一丝微笑："真的吗？你确定？"

"确定……"我也笑了，"我想去了。"

爸爸越过桌子握住了我的手，握得很紧。"那真是太好了。"他说，"我只希望你能再次高兴起来。"

"我希望我们都能高兴。"

"我们一定会的，儿子。"他低声说道，声音轻得我几乎听不清，"哪怕再慢，我们也一定能做到，因为我们还有彼此。"

是的。

那是我们仅剩的东西了，而我一定会牢牢地抓住它。

我知道那有多么珍贵。


第二天，爱丽丝来了我家。她看起来变了些，变得更瘦、更苍白了。我有些不习惯看到她眼睛上有浓重黑眼圈的样子。

"我想来谢谢你。"她轻声说。

"可我什么也没做。"我回道。

她不好意思地对我笑了笑："可你听了我一下午的抱怨，之后还送我平安到家……所以你已经做了很多。总之，比大部分人会做的多多了。"

"你要进来坐坐吗？"我问她。

"不……不用了。我待不了太久。"她说道，手臂无力地垂在身体两侧，"我只是想尽快和你见一面。"

我心里一紧："你还好吗？你是又要走了吗？"

爱丽丝咧嘴一笑："如果我走了，你会想我吗？"

我觉得自己的脸噌地变红了。"嗯……当然会，稍微想想。"我顿了一下，"我们是朋友，我当然会想你的。"

"我也会想你的。"她说，"不过还好，你不用担心，我们不会去哪里的。总之，不会去太远的地方。昨天妈妈因为罗斯的事报警了，请警察保护我们。警察现在会帮妈妈给罗斯发禁止令，这意味着他再也不能靠近我们，否则就会被逮起来。"

"太好了。"我用手肘轻轻推了她一下，"那我就能和你多待段时间了吧？"

她抬起头，脸上透着一丝微笑说："你知道吗？我见到你的第一眼就很喜欢你。看到你站在那里和一只鸟说话的样子，我就知道你和别人不同。你有一颗真正能感受到很多的心。"她摇了摇头，接着说道，"而我一直在竭尽所能地麻痹自己，因为我能感受到的全部都是伤害和痛苦，让我根本无法忍受。"

"我完全能理解你。"

"你经历的痛苦比大多数人都严重多了，阿尔菲，你失去了你妈妈。可我还在那儿向你抱怨自己的事情，那真的很差劲。"她避开我的视线说道，"我很抱歉，我很抱歉昨天把你牵扯进了我家的事情。"

她的话仿佛一颗炸弹投在我脑海里，让我打了个激灵。可她说得对吗？我们都有各自生活中的问题，而且都在艰难地应对。

但感觉上我的生活正在自我修复，不再是一个支离破碎的烂摊子。

"你会没事的吧？"我问她。

她看向我，我从没意识到她有一双那么清澈的眼睛，就像一小池湛蓝的湖水似的。"我会没事的。我现在已经没那么害怕了。当妈妈说她不会回到他身边的时候，我终于能相信她了。她看起来不一样了，她现在看起来更坚强，像是真的知道自己没有他也能过得很好了。"爱丽丝轻轻地笑着，

用脚蹭了下地面，"她明天还要去镇政府回话。好像是镇子另一边有个地方空出来了，我们排在申请名单上的第一位，所以可以过去看看。她希望我们可以在那里彻底安定下来。"

我高兴地咧开了嘴："这太好了。但你们会搬得很远吗？"

"不会远到让我没法儿来烦你的。"她眼神一亮地说，"但这真的是种解脱，我们有机会重新开始了，你明白吗？"

我明白，我完全明白。

"你一会儿打算做什么？"她问道。

"我今晚要去见科尔，我们有段时间没见了，他有些足球方面的消息要告诉我。不过在那之前，我可能会先去散个步。"

她点点头，脸上露出一丝微笑："是要去海滩吗？"

"是的，我需要去那里待会儿。"

"你会没事的吧？"她轻声问。

我迎着她的眼睛回道："会的——我觉得我一定会的。"

她哈哈笑起来，她的笑声轻盈悦耳，让我也跟着高兴起来。

"那么再见了，阿尔菲？"她的语调稍稍上扬，看到她睁大的眼睛，我才意识到她是在问我。我欣然应允。

"好的——我觉得我们一定会的……"我说完就抓起门

边桌子上的笔，然后拉过她的手，仔细地在上面写下我的电话号码。"别洗掉了。等你安顿好可以给我发短信，我们到时候再见。"我顿了顿，"我要把你介绍给我的朋友，本。我有种感觉，你们俩一定很合得来。"

她咧着嘴笑道："是吗……那我等着。"

说完她转过身沿着小路走了。

但这次我没感觉到孤单。

没过多久，我站到了那棵被闪电劈过的树下。现在是傍晚时分，但天空在灰色海面的映衬下依旧显得很明亮，有海鸥在我头顶上空盘旋尖叫。海滩看起来从没这么宁静过。

我还是独自一人。

但是我需要这么待着。

有一只海鸥俯冲下来，落到了离我十几厘米远的栏杆上。它目不转睛地用那双亮晶晶像小珠子似的眼睛盯着我，让我不由自主地看向了它。我对它笑了笑，不知怎么的，它看起来有点儿眼熟。

"你好啊，小家伙。"

那只海鸥仰着头仿佛真的在听我说话，然后它嘶哑地叫了一声，翅膀掠过我的头顶重新飞起来。我想到了爱丽丝，又想到了她因为我和海鸥说话取笑我、而我咧着嘴回击她的

情景。

我深吸了一口气，把那股腥咸的空气深深地吸进肺里，就像妈妈过去常做的那样。我喜欢让这种清新的感觉涌过我全身，让它沁入我的心脾，深入我的骨髓，那里有我所需要的力量。我望着眼前那道长长伸进海里的码头，一切都熟悉如故。

只要我足够集中注意力，我几乎能感觉到她就在这片海滩上，就在我身边。她在沉思，在抿着嘴微笑，她的头发在微风中肆意飘摇。

"我会永远陪着你的，阿尔菲……"

因为她确实会，她永远都会。

只要我记得去找她。

只要我记得她。

他正在睡觉。住进来的这几天，他们一直睡在她身边的小折叠床上。他总是睡不了多久就会突然觉得很不安，然后就会唰地睁开眼从床上坐起来，确保自己还能听到输氧机工作的声音，告诉自己她还在那儿，一切还没有结束。

　　那些他以为早就遗忘了的记忆争先恐后地从他脑海里涌了出来，而他妈妈的声音——她的笑声、她的歌声、她的各种声音——也在他脑海里无限循环。他想起了一些伤心的时刻：她第一次生病，他们的争吵，她看着《伦敦东区》突然无缘无故泪流满面，她坐在房间里盯着窗外、因为太冷太虚弱而出不了门，以及有一次他们在集市上走散的事情。那时他才五岁，在那里兜兜转转找了她好久。他一边找一边哭，想着她是不是跑掉、再也不要他了。但后来她出现了，她既气他到处乱跑，也为找到他而松了一口气。她把他搂进怀里，紧得让他差点儿喘不过气来。她对他说："再也不许这么离开我，听到了吗？

再也不许。"

而他很听话，再也没有这么做过。

他梦见自己在一艘船上。海浪拍打着木质的船舷，而他的妈妈正在岸边看着他，向他挥手。他的船越漂越远，她变得越来越小，直到他几乎看不见她了。

"阿尔菲，阿尔菲，你得起来了……"

夏洛蒂轻轻地摇着他的肩膀。她紧挨着他，让他闻到了她身上的香水味。房间里的光线依旧很昏暗，他坐起来，看到爸爸正坐在妈妈床边轻抚着她的脸。他的脸上没有一丝表情，他也没有看阿尔菲。

"她的时间快到了。"夏洛蒂轻轻地说。

他知道自己必须要勇敢。他感觉自己全身僵硬、双手发抖，可他还是逼自己从床上起来了。他逼着自己坐到她床边，握住了她的手。她的眼睛闭着，但他能听到她在呼吸——呼哧呼哧不规律的呼吸。她瘦小的身体似乎在竭尽全力地把空气送进肺里。

"她现在很难受吗？"他问道。

"她还在挣扎，阿尔菲。但你可以和她说话，你可以告诉她你在这里。"

他点了点头。爸爸现在坐在了更靠后的地方，似乎茫然得不知所措。

"我爱你，妈妈。"他边说边慢慢地走上前，"我真的很爱你。"

她粗重的呼吸声在他下方渐渐变缓，变得越来越慢。

"你可以休息了，妈妈。没关系的，我们会好好的。"

他把脸贴在她的脸上，他的眼泪落在她白皙的皮肤上，让她看起来也像是在哭泣。

"我爱你。"他轻声说，"我不想再让你疼了，你走吧。"

他把头埋进她胸前，一只手始终抚摸着她的头发。他一直趴在那儿，直到背上和手臂抽筋发麻。他紧紧闭着眼睛趴在那儿，他的意识里再也没有时间的流逝和周围的动静——只剩下他的妈妈和他身下那具瘦小而温暖的身体。

他从来都不想让一切结束。

他趴在那里，直到她的胸膛停止了起伏。夏洛蒂轻抚过他们俩。

"她走了。"她轻声说。

他的世界在那一刻支离破碎。

# 六个月后

天气太冷了。我呼一口气，眼前就出现了一道打着转儿的水蒸气。我合掌搓手的时候才发现自己手都冻僵了。我必须不停地跑动，让身体保持温暖。

科尔在前面拿到了球。尽管他速度很快，但对方身材魁梧的中卫阻挡了他的进攻，让他不得不把球传回我们的半场。我向前冲去，眼睛紧盯着对方那个在赛前大言不惭的前卫，我不能让他捷足先登。球落在我们之间，但我率先跑到了那里，接着我左脚控住球后往旁边一拨，躲开了他针锋相对的铲断。

我带着球向前跑去，我知道没剩多少时间了。

当他们的右后卫上前封住我的进攻时，我右脚往球前一晃，然后以迅雷不及掩耳之速改用脚外侧把球踢进了防守区，对方后卫措手不及地被我甩在身后。当我跑到对方禁区时，我抬头看着球门。我知道他们的中卫会从侧面来抢我的球，于是我毫不犹豫地抬起脚背对着球门远角一射。

时间似乎静止了，或许它真的静止了。随着一口冷空气从我嘴里冒出来，我精疲力竭地倒在地上，膝盖磕在坚硬的地面上发出嘎吱的响声。但我的目光仍然盯着球门。我看着那个球，那个漂亮的足球，从一开始离门很远到随即迅速画着一道弧线下坠，然后以一种优美的姿态旋转着落进球门右上角，在球网里擦出一阵让人心满意足的沙沙声。

对方的守门员一点儿机会都没有。他张着双臂向后倒下，他永远也够不到那里。

那个球门永远都是属于我的。

在第八十九分钟，我们终于突破了比分。一比零。

我的脸贴在地面上，有一秒钟的时间里我感觉不到任何东西，不过随即，有人打开了声音——特别大的声音。他们所有人都在尖叫。

那些家伙爬到我身上，揉乱我的头发，扯着我的上衣。我哈哈大笑，停不下来。接着，我感觉到有只手把我拉起

来，是科尔。他站在我面前，通红的脸上绽放着灿烂的笑容。

"那个球，"他说道，"了不起。"

他把我拉过去，给了我一个紧紧的拥抱。我们身上都是臭汗和泥巴，但没人在乎。我们尽情地放声大笑。

"谢谢你，我的朋友。"

我转过身，我想看看他们。他们当然都在那儿，而且争先恐后地要往栏杆前站。爸爸、爱丽丝还有本都跳着向我挥手。爸爸紧紧拽着狗绳，使劲儿拦着波比不让它冲到场上来舔我。

我举起胳膊，努力不让自己哭出来。但就算哭出来也不要紧，再也不要紧了。

以前的我回来了。

他沿着海边跑着，跑得都有点儿过快了，但他太兴奋了。他使劲儿蹬着胖乎乎的小短腿，迫切地想靠近他们。他还不满五岁，但他已经迫不及待想向他们俩展示自己能做得多好了。在他前方，她张开双臂站在那里，明亮的脸上露出灿烂的笑容。

"加油，阿尔菲。你能行的！"她喊道。

在她身后，爸爸哈哈大笑："注意点儿！"他喊道，"当心别……"

他听到这话的时候已经晚了，在他的脚趾撞上人行道上的裂缝后，他眼角瞥到了爸爸担心的目光。他先是觉得自己摇晃了一下，接着身子向前扑倒在碎石板上。他的右膝传来一阵强烈的刺痛，泪水夺眶而出。他张开嘴巴大声哀号起来。

妈妈向他跑来，几秒后就到了他身边。

她温柔地把他抱进怀里，一边发出低低的"嘘"声，一

边轻轻地摇着他。

爸爸帮他轻轻撸起裤腿，检查完他的膝盖后叹了口气。

"唉，看着真疼。"

他抬起头朝膝盖望去，看到那团血渍后又号了起来。

"那只是血，阿尔菲。"爸爸轻声说，"它很快就会消失的。它只是在那儿修复你膝盖上的伤口。"

"严重吗？"他结结巴巴地说。

爸爸摇了摇头："一点儿也不严重。你会结一个小痂，然后等痂掉了你就会彻底忘记这回事的。"

"我会像你那样留疤吗？"

爸爸低头看了一眼胳膊上那道细线，随着时间的流逝，它变成了皱皱的银白色。都怪他以前开摩托车开得太快了，没有失去手臂已经算万幸。他摇了摇头。

阿尔菲坐起来。他开始饶有兴致地抓着爸爸的胳膊，再次打量着那道光亮的白线。

"这里还疼吗？"他问道。

"不，现在不疼了。"

"它看起来很疼。"

爸爸停顿了片刻，然后弯下腰轻轻地在他头上亲了一下，说："它当时很疼，后来就好了一点儿。这道伤疤是我的警示牌。人有时候需要记住这些事情。"

"我不想留疤。"他哭哭啼啼地说。

妈妈把他抱回怀里，说道："我们每个人都有伤疤，从内到外，这些伤疤造就了现在的我们。"

他不知道自己是否听懂了妈妈的话，但在那时他也不知道这是否重要。爸爸在他们旁边坐下来，从口袋里拿出一张纸巾，想要轻轻地把他伤口上的小石子擦掉。接着，爸爸小心翼翼地用矿泉水冲掉了他膝盖上的血渍。整个过程中，妈妈一直都抱着他，安慰他。

"我的膝盖还在疼。"过了一会儿他说道。

妈妈把他搂得更紧了一些。

"很快就没那么疼了。"她的话像安抚剂一样，让他逐渐在她怀里放松下来。

"只要等一等，阿尔菲。那阵痛一定会减轻的，我向你保证。"

他闭上眼睛，开始明白了。伤口很快就不会那么疼了。

只要耐心等上一段时间。

# 后记

　　我要感谢的人太多了，我的大脑总是会陷入恐慌模式，想要把你们所有人都记住。但是请放心，我一直都感激身边有那么一群人，你们支持着我度过焦躁不安的时刻，在我泄气的时候给我加油打气。你们就是我这艘摇摆不稳的小船上的船锚。

　　和往常一样，我要感谢我的好丈夫汤姆。我不是一个感情外露的人（这点他可以证明），但他为我所做的一切怎么夸都不为过。汤姆会读我早期的草稿，检查出里面每一个低级错误，他会在我陷入自我怀疑时给我注入自信和乐观，他还会为我准备无限续杯的茶水。谢谢你，汤姆——我爱你，

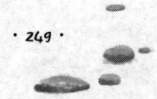

我很感激能有你陪着我。

也谢谢你们，我的孩子们，艾拉和伊桑。你们在我写作的过程中给了我灵感，让我开怀大笑，而且在我埋头写作的时候都安安稳稳地待着。你们都是好孩子，我会好好爱你们。

感谢我的作家朋友们，你们总是给予我莫大的支持。儿童写作社区是一个特别友好、包容的地方，我很幸运能成为其中的一员。我尤其要感谢艾玛、莎拉和凯伦，感谢你们的益语良言，感谢你们愿意看我不靠谱的早期作品。我爱你们。

我也无比感谢我的家人们——你们真的太好了。我很幸运能拥有这样一个庞大的支持网。尤其是妈妈、杰克、切莉、阿里、凯特、戴夫、乔、伊恩、西蒙、大卫——谢谢你们愿意听我说话，也谢谢你们这么久以来对我的包容。

我也很幸运能有一群特别好的朋友。反叛者联盟——你们知道自己是谁。继续保持下去，你们这群了不起的家伙！

我也想单独对阿曼达和珍玛表示感谢，感谢你们在我最需要的时候一直在我身边。

我要对每一位图书管理员说，谢谢你们。你们改变了很多人的生活，也帮助了很多人。我希望在未来几年能和你们当中的更多人见面。

我要对每一位图书博主说，感谢你们为支持书籍和阅读

做出的不懈努力。你们真的太棒了!

最后,如果没有我出色的经纪人斯蒂芬妮·斯维茨和我的编辑西斯·奥斯本的支持,也就不会有今天的我。感谢你们的辛勤工作、明智的建议和对我的信任。我真的很幸运能遇到你们。

最后的最后,我要向我四年前遇到的那个小男孩致谢。那个失去了母亲的小男孩当时正在努力和自己的悲伤对抗。

他的故事从未被我忘记,也帮助我塑造出了《和海鸥对话的男孩》这个故事。

我经常想起这个男孩,我希望他如今能变得更好。我想要感谢他让我看到了年轻男孩内心不经修饰的悲伤是什么样子的。他是我见过的最勇敢的男孩之一。